경계를 넘어 길이 되다

다정다감 춘숙 씨의 수지 도전기

이 도서의 국립중앙도서관 출판예정도서목록(CIP)은 서지정보유통지원시스템 홈페이지(http://seoji.nl.go.kr)와
국가자료종합목록구축시스템(http://kolis-net.nl.go.kr)에서 이용하실 수 있습니다.
CIP제어번호: CIP2019048693

경계를 넘어 길이 되다

다정다감 춘숙 씨의 수지 도전기

정춘숙 지음

서울 엠

2부 문을 두드리는 용기

원내대변인 **정춘숙**

새벽 5시 반, 교통체증을 피해 일찌감치 집을 나선다. 어둠이 채 걷히지 않은 하늘에 아침이 밀고 들어오려는 듯 붉은 기운이 감돈다. 출근길을 배웅하는 것처럼 빽빽하게 늘어서 있는 경기 용인 수지의 고층 아파트들을 뒤로하고 여의도로 향한다.

국회까지 40분. 일정을 확인하며 하루를 준비하는 출근길. 정

화수를 놓고 기도하던 옛날 엄마들의 시간처럼 맑고 경건한 순간이다. 누군가의 삶이 나아지기를 바라는 소박한 기도만으로도 가슴 벅차다.

'지금 여기에.' 나를 지탱해 온 원칙이다.

나는 내게 주어진 순간을 맹렬하게 살아왔다. 내가 속한 공간은 늘 전쟁터처럼 치열했다. 머뭇거리지 않고 처한 곳에서 매 순간 최선을 다해 살아내다 보니 오늘에 이르렀다.

오늘의 나는 더불어민주당 원내대변인이다. 국회 내 당의 주장이나 방침을 공식적으로 외부에 전달하는 역할이다. 책임의 무게가 나를 압박했지만 어떠한 일이든 일단 부딪치며 길을 만들어가는 것이 나의 방식이기에 대변인직을 기쁘게 감당하고 있다.

대변인을 맡고 나서부터 말과 글에 대한 생각을 많이 한다. 이전에 비해 말과 글에 대한 태도가 조심스러워졌다. 더불어 행동도 더 신중해졌다. 평소 나는 돌직구에 가까울 만큼 분명하게 생각을 표현하려 애썼다. 동그라미가 세모나 네모로 잘못 전해지는 일이 없도록, 또 동그라미임을 선명하게 하기 위해서 말이다. 모호한 구석 없이 단호하게 말하는 것을 습관화했다.

하지만 국회 내에서 당의 상황과 정책을 공식으로 전하는 직책을 맡은 후로는 사람들의 관점과 시각이 다양함을 고려해야 한다는 점을 늘 스스로에게 환기시킨다. 명백한 사실 파악을 위해 더 많이 공부하려 하고 입체적이고 종합적인 관점으로 세상을 보고자 노력한다.

나는 듣는 사람이 당의 정책을 쉽게 이해할 수 있도록, 꾸밈없고 정확하게 전달하는 대변인이 되기를 원한다. 거친 언어를 통해 상대방의 이미지를 그 언어 안에 고착시키는 막말 전략으로 대변인을 정쟁의 도구로 활용해서는 안 된다.

제1 야당 대변인을 지낸 전 사무총장 한선교 의원이 기자들에게 "걸레질"이라는 막말을 한 것은 대변인 관점에서 참으로 답답했다. 국회 상임위가 열릴 때 원내대변인들이 정책 브리핑을 하는 곳은 기자들

이 앉아 노트북을 펼칠 만한 탁자와 의자를 둘 공간이 없어 많은 기자들이 바닥에 앉은 채 노트북을 펴놓고 브리핑을 경청하곤 한다.

걸레질 사건 다음 날 역시 기자들은 같은 모양으로 내 브리핑을 기다리며 여전히 바닥에 앉아 있었다. 전날 그런 사건이 있었는데 마치 아무 일도 없었던 듯 브리핑하기에는, 딱히 뭐라 표현할 수는 없지만 왠지 미안해서 나는 주저 없이 기자들과 같이 바닥에 앉았다. 나를 따라 박찬대 대변인도 함께 앉았다. 다 같이 앉으니 서로 눈을 마주칠 수 있어 더 친근한 분위기가 조성되었다. 바닥에 앉은 것은 막말에 대한 미안함으로 자연스럽게 나온 행동이다. 의식적으로 잘 보이려는 계산에 따른 것이 아니라 진정성 있는 행동이었기에 바닥 브리핑은 기자들에게 호평을 받았다. 그 후 우리 당을 취재하는 기자들은 원내대표 회의실에서 의자에 앉아 백브리핑을 듣는다.

정치인의 말은 그 무게가 개인의 말과 다르다. 항상 신뢰와 책임을 전제로 하기 때문이다. 대변인의 말을 놓치지 않기 위해 불편한 자리도 마다하지 않고 귀담아 들으려는 기자들을 존중하고, 좀 더 성숙한 언어로 정책을 서로 전하고 논하는 정치인이 되길 바라는 것이 나만의 바람은 아닐 것이다.

대변인으로서 나는 민생경제 회복에 힘을 더하고, 공정한 사회, 그리고 다 같이 더불어 사는 세상을 만들기 위해 당과 함께 최선의 노력을 경주할 것이다. 언론에 우리의 의견을 정확하게 전달하고 항

바닥 브리핑

2019년 6월 4일 더불어민주당 원내대변인 브리핑을 국회 복도 바닥에 앉아 진행했다. 전날 자유한국당 사무총장이 바닥에 앉은 기자들을 향해 "걸레질을 한다"고 했던 막말에 대한 미안함으로 자연스럽게 나온 행동이었다. 박찬대 국회의원실 제공.

상 국민과 소통하며 우리 국민이 좀 더 편안하게 살 수 있도록 힘쓸 것이다.

이 책을 구상하면서 내 나이에, 나 정도 경험으로 무슨 책을 쓰느냐 싶기도 했다. 하지만 일천한 경험이라도 정치에 도전하고자 하는 후배들, 혹시 여성문제나 사회적 소수자 문제에 관심이 있는 사람들에게 다소나마 도움이 되기를 바란다.

1부

'원래 그런 건'
없어

여자라서 **안 된다**고 **법**에 **쓰여** 있어요?

수시로 반복되던 할머니의 레퍼토리는 '여자가'였다. 나는 맏딸이다. 딸, 딸, 딸, 아들. 우리 엄마의 출산 내력이다. 나는 6·25 전쟁의 상흔이 회복되던 베이비붐 세대의 끝자락, 남성 중심의 전통적 사고가 팽배했던 1960년대 중반에 태어났다. 나를 우리 집안 어른들은 '있어야 할 것'이 없이 태어난, 뭔가 부족한 아이로 취급했다. 연이어 딸 셋을 낳은 어머니 역시 부족한 사람이었다.

딸 딸 딸 엄마를 가장 못마땅해한 사람은 할머니다. 세 며느리와 두 딸, 사위까지 꼼짝 못 하게 할 만큼 할머니의 권위는 막강했다. 큰집에 모이면 할머니의 "여자가"라는 말이 여지없이 튀어나왔다. 사는

어릴 적 가족사진

어머니와 아버지, 그리고 첫째인 나와 두 여동생, 막내 남동생 이렇게 4남매다.

형편이 제일 기울고 아들도 못 낳은 막내며느리, 엄마는 할머니 앞에서 주눅 들어 있었다. 적어도 내가 초등학생이 되기 전까지는.

나는 태어날 때부터 아주 병약했다. 엄마는 아빠와 결혼하는 것이 썩 마음에 내키지 않았던 듯하다. 엄마는 학교를 계속 다니고 싶었다고 한다. 하지만 전쟁 직후는 여자아이가 미래를 꿈꿀 수 있는 시대가 아니었다. 나이가 차자 등 떠밀려 한 중매결혼. 아버지는 성실했지만 엄마에게는 가난한 신혼 생활이 낯설었다.

"바로 널 가졌는데 계속 울렁거려서 당최 뭘 먹지를 못했지. 애 낳는 게 무섭고 싫어 열 달 내내 음식도 제대로 못 먹었어. 그래서 그런지 널 낳았더니 뼈랑 가죽만 있는 거야."

나는 아주 작고 약하게 태어났다. 어린 시절 내내 비쩍 마르고 연약했던 나는 핏기 없는 얼굴에 눈만 동그랗게 큰, 예쁜 아이였다. 초등학교 저학년 때는 엄마가 학교에 가방을 들어다 주어야 할 정도로 힘이 없었다. 그러나 체력은 약했지만 승부욕은 남달랐다. 체육대회 날, 그렇게 몸이 부실했어도 달리기에서는 죽기 살기로 달려 1등을 해야 했다. 허약하고 잘 쓰러지고 삐쩍 말랐던 아이. 나는 악바리처럼 무엇이든 열심히 했다. 공부도 아주 열심히, 그리고 잘했다.

기본 체력이 약했기에 밖에서 노는 것보다는 책 읽는 것을 더 좋아했다. 글자를 익힌 후로는 줄곧 책 읽기에 몰두했다. 책이 흔하지 않던 시절이지만 꽤 잘살았던 인천 이모네 집에 가면 책장에 여러 종류의 전집이 가지런히 꽂혀 있었다. 위인전, 세계문학. 방학 때마다 거기 가서 그 집 책을 다 읽을 때까지 돌아오지 않을 만큼 나는 늘 책에 허기져 있었다. 이모부가 당신 자식들은 거들떠보지 않는 책을 미친 듯이 읽어대는 나를 보고 한숨을 쉴 만큼 나는 읽고 또 읽었다. 독서는 나를 나이에 비해 속이 무르익은 아이로 크게 했다. 나도 모르는 새 내 안에서는 옳고 그름에 대한 분별력과 정의감이 무럭무럭 자라나고 있었다. 나는 특히 차별에 민감했다. 공평하지 않은 상황에서 사람을 달리 대하는 사람을 보면 분노했다. 그 사람이 어떤 사람이라도 "그건 옳지 않다"라고 주저 없이 말했다.

1960년대 말, 1970년대 초 내가 살던 서울 신촌이나 마포는 지금처럼 번화하지 않았다. 오히려 변두리에 가까웠다. 대현동 우리 집 건너편, 고개를 넘어 한참을 가면 아현동에 큰집이 있었다.

"한 고개 넘으면 아이고 다리야, 두 고개 넘으면 아이고 다리야."

고개를 넘어갈 때면 흥얼거리던 호랑이 고개 이야기. 우리 식구들은 제사 같은 집안일이 있을 때마다 고개를 넘어 아현동 큰집에 다녀왔다.

초등학교 1학년 말, 아직 남동생이 태어나기 전이다. 살을 에는 것 같은 차가운 겨울바람에 발을 동동 구르던 정월. 엄마는 딸 셋을 데리고 아침 일찍 큰집으로 향했다. 나는 예쁘게 설빔으로 단장하고 엄마를 돕느라 분주했지만 6개월 먼저 태어난 동갑내기 사촌오빠는 선풍적인 인기를 끌던 만화 주인공 황금박쥐처럼 어깨에 보자기를 두른 채 나무칼을 들고 집 밖으로 놀러 나갔다. 같은 손주들이어도 할머니에게는 남자인 오빠가 항상 먼저였다. 내게 사과를 반쪽 주면, 오빠는 한 쪽이었다. 난 어린 나이였어도 차별이 몸에 배어 있는 할머니를 볼 때마다 의문이 들었다. 할머니는 왜 남자만 사람 취급을 할까?

"춘숙아, 차례 지내야 하니 오빠 좀 불러오너라."

밖에서 신나게 놀던 사촌을 찾아 와 차례를 지내기 위해 방으로 같이 들어갔다. 할머니가 다짜고짜 내게 말했다.

"춘숙이는 나가 있어라."

"왜요? 저도 차례 지내러 왔는데요."

"안 돼."

"왜 안 돼요?"

"너는 여자라서 안 돼."

"여자는 왜 차례 지내면 안 돼요? 법에 쓰여 있어요?"

눈을 크게 뜨며 바락바락 대들었다.

"안 된다면 안 되는 줄 알아" 하며 할머니는 언성을 높였고 나는 울며불며 버티다 결국 어른들 손에 끌려 나왔다. 생각할수록 분하고 억울했다.

"사람 차별하는 데 다시는 안 올 거야. 가자, 얘들아."

나는 할머니를 향해 소리소리 지르고, 그 길로 두 동생을 데리고 큰집을 나섰다.

아침 공기가 싸늘했고, 아침 바람이 매웠다. 초등학교 1학년짜리가 씩씩거리며 아직 초등학교도 못 간 어린 동생들 손을 양손에 잡고 고갯길을 울며 넘어 집으로 돌아왔다. 까마득하게 멀었던 그 길, 너무 화가 나고 서러워 추위조차 느끼지 못했다.

차례 준비로 함께 나서지 못한 엄마는 그 소동을 지켜보며 부엌에서 혼자 울음을 삼켰다고 했다. 그런데 엄마는 할머니의 차별을 엄마 식대로 이해했던 모양이다.

'내가 반드시 아들을 낳아 데리고 오리라' 같은 해석 말이다.

엄마는 그 후 1년 반이 지나 기다리던 아들을 낳았다. 그때부터 우리 집 1순위는 막내아들이었다. 한풀이하듯 아들을 낳은 엄마, 그리고 할머니에게 뿌리박힌 아들 중심주의. 그 당시 다른 집과 크게 다르지 않았던 우리 집 모습이다.

이 사건 후 나를 대하는 할머니의 태도가 달라졌다. 며느리들에게는 여전히 불호령을 내렸지만, 눈에 띄게 나를 조심스러워했다. 조금이라도 불합리한 일이 있으면 나는 조목조목 똑소리 나게 따지고 들거나 펄펄 뛰었기 때문이다. 동생들이 그리고 엄마가 잘사는 다른 친척들에 비해 제대로 대우받지 못할 때는 여지없이 내가 나섰다. 불같은 성격에 악착같기도 했다. 주변 사람들은 끝장을 볼 때까지 캐묻고 덤비는 나를 함부로 대하지 못했다.

차례나 제사 때는 가지 않겠다고 선언했기 때문에 그날 이후 제삿

날에는 제사가 끝날 때쯤 큰집에 갔다. 보통은 제사를 마치고 남자들이 먼저 밥을 먹고 상을 물린다. 그러면 젓가락질로 이미 초토화된 밥상에 앉아 여자들과 아이들이 먹는 둥 마는 둥 식사를 하곤 했다. 나는 큰집에 들어가면 제일 먼저 부엌으로 가서 엄마를 비롯한 여자들이 새 상에다 밥을 제대로 먹었는지 확인했다. 제사 준비를 도맡아 한 여자들이 그렇게 먹는 것을 나는 용납할 수 없었다. 눈치 빠른 할머니는 내가 가면 "춘숙이 왔다. 상 새로 차려라"라고 말씀하셨다. 그렇게 되면서 내가 가지 않아도 여자들이 새로 차린 밥상에서 먹게 되었다.

돌아가신 큰어머니는 어머니에게 종종 말했다.

"동서가 참 부럽다, 저런 든든한 딸이 있어서."

그 집에도 딸들이 있었지만 언니들은 착하디착했다. 나는 옳고 그른 것을 따지고, 잘못된 것을 보면 끝까지 싸우는 오기가 있었다. 이는 아주 작지만 엄마의 시집살이에 얼마간 위안이 되었다. 이후에 엄마는 할머니가 손녀딸을 그렇게 대해준 이유가 "자기 식구"였기 때문이라고 했다. 할머니는 며느리가 '남의 식구'이기 때문에 막 대했다는 것이다. 그때는 미처 이런 부조리까지 인식하지 못했다. 현실 속 복잡한 인간관계를 모두 파악할 나이가 아니었다. 그래도 나는 늘 여자이기 때문에 차별받는 것은 부당하다고 생각했다. 이 같은 사고는 여자든 남자든 '누구든지 부당하게 차별 대우를 받으면 안 된다'라는 생각으로 확장되어 나의 내면에 각인되었다.

언젠가 엄마는 내게 "네가 여자지만 여자라서 남자보다 못할 게 하나도 없다"라고 했다. 외가는 딸들을 공부시킬 정도의 재력이 있었다. 외할아버지는 형의 아들들을 대학까지 보내면서도 본인의 딸들은 중학교도 안 보내려 들었다. 단지 딸이기 때문이었다. 그래서 엄마는 사력을 다해 자식들을 공부시켰다. 엄마는 내가 어려서부터 "여자들도 공부를 해야 능력껏 잘 살아갈 수 있다"고 강조했다. 엄마는 우리가 학교에 다녀오면 무조건 숙제부터 하게 했다. 모범생이던 나는 숙제를 끝내고도 그날 해야 할 공부를 다 하고서야 자리에서 일어났다. 대현동 이화여대 앞 허름한 주택가에서 가난하게 살던 유년 시절, 엄마는 형편이 안 좋았어도 딸들의 입성에 신경을 썼다. 대장부 스타일의 엄마는 일하느라 바빴지만, 자녀들을 깨끗하게 입히고 정성스레 키워주었다. 지금 생각해도 놀라울 만큼, 엄마는 딸들의 자존감을 높여주었다.

02

책에 빠진 초·중·고 시절

나는 서울 서대문구에 있는 대현초등학교, 금란여중·고를 다녔다.

중학교 때까지 비쩍 말랐던 몸은 고등학생이 되어서야 비로소 살이 붙기 시작했다. 허약했던 체력도 좀 나아졌다. 중고등학교 때는 도서관 대출 1위를 차지할 만큼 부지런히 책을 읽었다. 종류를 가리거나 체계적인 독서법을 따랐던 것은 아니다. 그저 눈앞에 있는 책을 신나게 읽었다. 읽지 못한 책이 친구 집에 있으면 반드시 빌려 왔다. 삼중당 문고의 무수한 한국 단편들, 헤르만 헤세, 스탕달, 도스토옙스키, 톨스토이의 작품들……. 지금은 제목도 기억나지 않는 많은 책을 읽었다.

몸이 섭취한 음식에서 필요한 영양소를 흡수하고 나머지는 배출하듯 책도 그랬다. 많은 내용이 기억에서 사라졌지만, 그 책들은 사춘기의 내 머릿속에 양분을 공급하고 반듯하게 살아갈 힘을 주었다. 『삼국지』를 반복해 읽던 기억이 새롭다. 세로로 세 단 빽빽하게 들어찬 활자. 얼마나 두껍던지 들고 다니기 버거울 정도였지만 밤을 새우며 읽고 또 읽던 생각이 난다.

'정의(正義)'에 관심이 많았던 나는 집에서만 목소리가 컸던 것은 아니다. 학교에서도 평소에는 조용했지만, 문제가 있으면 원인을 지적하고 해결책을 찾아야 직성이 풀렸다.

초등학교 시절, 선생님이 방과 후에 부잣집 아이들을 대상으로 값비싼 과외를 하는 경우가 종종 있었다. 그 아이들은 시험 출제자인 선생님과 공부했기 때문에 크게 노력하지 않아도 성적이 쑥쑥 올라갔다. 과외 그룹에 끼지 못한 아이들은 열심히 공부해도 경쟁에서 뒤처졌다. 나는 돈이 없는 아이들이 불이익을 받을 수밖에 없는 방과 후 과외를 엄마에게 말해 선생님께 미움을 받기도 했다. 6학년 때는 반장이 권한을 이용해 약하고 가진 것 없는 아이들을 괴롭히는 일이 잦아, 2학기 때는 절대 그런 애를 뽑지 말자고 조직적으로 대응했던 기억도 있다. 순리에 맞지 않는 일이 발생할 때면 나는 항의를 하든 조직을 만들든, 내 생각을 전하기 위해 직접 행동했다. 누구의 영향을 받은 것도 아니었는데 문제를 인식하고 이를 풀어나가는 방식이 훗날

고등학교 진학할 무렵 사진관에서 찍은 가족사진
어머니가 많이 편찮으셔서 돌아가시기 전에 "사진이라도 찍자"고 하셨던 것 같다. 아버지는
인쇄 일을 하시다가 나중에는 경향신문사 인쇄부에서 일하셨다.

운동하던 때와 다르지 않았다. 이를 보면 내 DNA에는 운동 성향이
내재되어 있는지도 모르겠다.

초·중·고교 때 나는 애국주의자였다. 나라를 사랑해야 한다는 생
각이 깊었다. 아마 다른 사람들도 그랬을 것이다. 당시 사회 분위기가
'애국'을 강조했으니까. 내가 대학에 가서 학생운동을 시작하지 않았
으면 지금 태극기를 들고 거리로 나섰을지도 모를 일이다. 그때는 매
일 오후 해질 녘, 애국가가 울리면 모두 가던 길을 멈춘 채 오른손을

가슴에 얹고 국기를 향했다.

"나는 자랑스런 태극기 앞에 조국과 민족의 무궁한 영광을 위하여 몸과 마음을 바쳐 충성을 다할 것을 맹세합니다."

지금은 "나는 자랑스러운 태극기 앞에 자유롭고 정의로운 대한민국의 무궁한 영광을 위하여 충성을 다할 것을 굳게 다짐합니다"로 수정되었다.

거리 전체에 '국기에 대한 맹세'가 비장하게 울려 퍼지면 얼마나 엄숙하고 경건했던지, 진지하게 나라를 위해 충성하겠다고 다짐했다. 순수한 마음으로 민족주의나 국가주의를 도덕적 당위로 받아들이던 시기다. 그때 나는 준법정신이 지나치게 투철해 거리에서 애국가가 나올 때 똑바로 서 있지 않고 자세가 흐트러진 사람들에게는 반드시 일침을 가했다.

이런 성격은 어릴 적 생활 속에서도 고스란히 드러났다. 주번을 할 때였다. '주번'이 뭔지 요즘 젊은 사람들은 모를 텐데, 학급에서 순번을 정해 돌아가며 교실에 필요한 일도 하고 해당 학급이나 학년의 질서를 유지하는 역할을 했다. 주번이 되면 최선을 다해 일했다. 질서를 지키지 않는 남자 친구들을 보면 멱살을 잡아끌고 선생님에게 데려갔다. 또 불평등이나 불공정을 참지 못하는 원칙주의자이기도 했다. 성질이 고약해서 다른 사람에게 피해를 주는 친구는 무슨 수를 쓰든지 정의의 이름으로 응징했다. 문예반 시절 나는 아이들의 고충을 듣고 해결하는 역할을 도맡기도 했다. 친구들이 나에게 고민을 털어놓는 일이 적지 않았다. 어찌 생각하면 민망한 일이다. 초·중·고교에서 정의롭게 산다는 것은 쉽지 않은 일이었다. 친구들은 그렇듯 '참지 않는 나'를 인정해 주었다. 그래서 지금까지도 계속 그렇게 살아올 수 있었던 듯하다.

03

계집애가 무슨 **대학**이야

아버지는 경기도 연천군이 고향이지만, 어려서부터 서울 아현동에서 자라나 그곳 토박이나 다름없는 분이다. 인쇄 일을 하다 나중에는 경향신문사에서 식자를 했고 인쇄부에서 정년퇴직하셨다. 엄마는 공부는 길게 못 했지만 여장부 스타일이었고, 늘 뭔가 일을 벌여 살림에 보탰다. 두 분이 열심히 사셨는데도 우리 집은 가난했다.

내 외가는 경기도 고양군 행주내리에 있었다. 지금은 고양시 덕양구 행주내동으로 엄청나게 발전했지만, 그때는 시골이었다. 가난했어도 그곳에 가면 나는 도시 아이였다. 어릴 적 외가에 갈 때면 늘 깔끔한 복장으로 갔기 때문에 그곳 아이들의 부러움을 샀다. 외가에 가면 그 동네 아이들은 눈이 큰 나를 "호랑이 눈깔"이라 놀리고 도망가곤 했다. 나를 놀리는 아이를 집까지 쫓아가 그 애 어머니에게 항의하며 혼쭐을 내주었다.

이렇게 씩씩했던 나지만 넉넉지 않은 집에 살았기 때문에 내가 할 수 있는 활동은 공부밖에 없었다. 난 공부 잘하는 딸이었다. 가난해도 공부 잘하면 은근히 어깨에 힘이 들어가고, 하는 말에도 권위가 생기던 시절이다. 공부하지 않고서는 가난에서 벗어날 수 없다는 것을 본능적으로 알았다. 학교에서도 성적이 좋으면 품위를 지킬 수 있었다. 물론 엄마의 교육열도 한몫했다.

초등학교 때 피아노를 배우고 싶었지만, 엄마에게 말을 못 했다. 우리 형편을 잘 알고 있다 보니 엄마 마음 아플까 봐 아예 말도 꺼내지 못했다. 서른 살쯤 되었을 때 엄마에게 말했다.

"나 어릴 때 피아노 배우고 싶었는데 엄마한테 말도 못 했어요."

"그래, 내가 돈 줄게, 지금이라도 배워."

나는 엄마에게서 돈을 받아 4개월 동안 피아노를 배웠다. 마음에 있던 매듭 하나를 풀었다. 그리고 피아노에 대한 미련은 곧 사라졌다.

내가 다녔던, 이화여대 옆의 금란중학교와 고등학교는 참 좋은 학교였다. 학교에서는 폭력과 차별이 비교적 적었다. 체벌도 물론 없었고, 선생님들은 학생들에게 부당한 요구를 하지 않았다. 분위기가 자유로워 학교 다니는 일이 즐거웠다. 제일 좋았던 것은 마룻바닥 청소

다락방 서점에서
고등학교 시절 문예반
활동을 하면서 종종 들르
던 서점이다.

를 하지 않고, 신발을 신고 다녔다는 것이다. 대부분의 학교에서 학생
들이 신발을 실내화로 갈아 신고 교실에 들어가던 때였다. 다른 학교
에 다니는 친구들은 마룻바닥을 청소하기 위해 걸레를 준비해 왁스
칠을 하곤 했다. 그런 이야기를 들으면 우리는 목에 힘을 주었다.

'아직도 바닥을 손으로 닦다니 ……'

아버지는 내가 중학교 때 일찌감치 나를 대학에 보내지 않기로 작
정하셨다. 1970년대에 여대생은 극소수였다.

"계집애가 대학은 무슨 대학이야. 고등학교 졸업하면 돈 벌어서
시집가야지."

아버지는 고등학교 졸업 후 바로 취직할 수 있도록 상업고등학교

진학을 권했다. 그때 명문 상고였던 서울여상은 반에서 1등, 동구여상은 적어도 5등 안에는 들어야 원서를 내볼 수 있을 정도로 경쟁률이 높았다. 그런 만큼 취업률도 높았다. 아버지에게 여자가 대학을 가는 것은 불필요한 일이었다. '대학 진학'은 오직 막내아들을 위한 계획에만 포함되어 있었다.

아버지 몰래 엄마에게 "나는 반드시 대학을 가겠다"라고 선언했다. 대학에 가기 위해서는 인문계 고등학교에 가야 했다. 나는 작전을 짰다. 상고는 인문계보다 먼저 원서를 접수했다. 아버지에게는 성적이 부족해 도저히 명문 여상에 갈 수 없다고 둘러대며 상고 원서를 내지 않은 채 버텼다. 그렇게 말하면 몹시 혼날 것을 알았지만 나는 감수하기로 했다. 내 나름으로는 어려운 결단이었다. 아버지는 성적이 좋지 않아 못 간다는 말에 매우 화를 내셨지만, 지원 자격이 안 된다니 아버지로서는 불가항력이었다. 나는 아버지를 살짝 속이고 가까스로 인문계로 진학할 수 있었다.

고등학교 때도 독서와 문예반 활동으로 분주했다. 내가 다녔던 고등학교는 이대 주변이라 우물 안 개구리 같던 고등학생이라도 주변의 대학생들을 보며 좀 더 시야를 넓힐 수 있었다. 지금은 없어진 이대 앞 다락방 서점에 우연히 갔다가 학생운동을 하던 대학생들을 만났다. 그들에게 그간 한 번도 듣지 못했던 새로운 이야기, 역사와 철학과 노동에 대한 이야기를 들었다. 그때만 해도 데모하는 사람들은 머리에 뿔 난 이상한 사람들인 줄 알았는데, 그들은 괜찮은 사람들 같았다. 막연하게 그들이 말하는 것이 어쩌면 맞을지도 모른다는 생각을 잠깐 했다. 그 대학생들 중 새문안교회에 다니던 언니가 있었다. 인상적이었지만 곧 뇌리에서 지워졌다. 그때 난 그들에게 관심이 없었다. 우리 집은 가난하니 나는 대학을 나와 잘살아야 했기 때문이다. 하지만 뭔가 보이지 않는 기운이 나를 스쳐 지나간 게 틀림없다.

1982년 대입 학력고사를 보았다. 나는 1964년생이지만 1월생이라 63년생들과 같은 학년이었다. 시험을 엄청나게 망쳤다. 나는 농담 삼아 그 원인이 엄마가 아침에 먹인 청심환 탓이라고 우기곤 하는데, 어쨌든 시험을 보는 내내 심장이 과도하게 뛰고 제정신이 아니었다. 시험을 본 후 하루 동안 식음을 전폐하고 재수를 시켜달라고 졸랐다. 엄마는 단호했다.

"동생들이 줄줄이 있는데 너 재수시킬 돈은 없다."

학력고사를 보면 그다음 날 점수대별로 갈 수 있는 대학과 학과가 신문에 발표되었다. 1등부터 최하위까지 학교와 학과를 서열화해 순서대로 쭉 세워놓고, 내 성적에 맞는 점수 구간을 찾아 원서를 내는 식이었다. 적성이나 장래 희망은 선택 기준에서 후순위로 밀렸다. 대부분의 학생에게는 대학별 커트라인이 더 중요했다. 그래서 어느 학교 어느 과의 경쟁률이 좀 더 낮은지 마감 직전까지 눈치작전이 극심했다.

중고등학교 내내 문예반에 가입했던 나는 처음부터 국문과를 고집했다. 내 성적에 맞는 국문과를 찾았더니 단국대부터 갈 수 있었다. 담임선생님은 과보다는 대학이 중요하니 이대 교육학과를 가는 것이 좋겠다고 강력히 권유하셨다. 그러나 나는 국문과를 가겠다는 뜻을 굽히지 않았다. 엄마도 동의했다고 없는 말까지 보태며 고집한 끝에 결국 국문과에 갈 수 있었다. 전적으로 나 혼자 내린 결정이다.

그렇게 원하던 국문과에 들어갔는데 나를 바라보는 주변 시선이 곱지 않았다.

"공부 잘한다더니 ……."

내가 내 의지로 선택했는데도 사람들은 나를 제멋대로 평가했다. 내가 이대를 갔으면 달랐을까. 입학식 날 눈물이 쏟아졌다. 타인의 말을 통해 대학 순위에 대한 사회적 인식을 깨닫는 순간, 재수를 할 수 없었던 내 형편이 원망스러웠다. 하지만 나는 국문과에 다니며 좋은 소설을 쓰겠다고 결심했다. 그때만 해도 내가 대학을 졸업하면 글을 쓰고 말을 다루는 일을 하게 될 줄 알았다. 내 앞에 상상하지 못한 가시밭길이 기다리고 있는 줄은 전혀 몰랐다.

04

치마 입은 불도그

대학 입학 직전, 소설을 쓰려면 사회에 대해 많이 알아야 할 것 같아 다양한 세상을 알고자 사회과학을 공부하기로 했다. 어디서 공부할까 궁리하다가 문득 다락방 서점에서 만났던 언니가 새문안교회에 다닌다고 한 것이 기억났다. 새문안교회를 내 발로 찾아갔다.

내가 교회에 대해 아무것도 모르고 세상에 대한 궁금증만으로 새문안교회를 찾은 날이 하필이면 고등부 애들이 대학부로 올라가는 날이었다. 새문안교회 대학부는 기독교 학생운동의 중심축으로 사회과학 학습과 토론을 통해 학생운동권의 지도력을 교육하고 훈련하는 곳이었다. 나는 배경도 없이, 친구도 없이 그냥 그곳을 찾아간 것이다.

내가 다닌 중고등학교가 미션스쿨이긴 하지만, 신앙이 있었던 것은 아니다. '사회과학 하는 사람들이 세상을 바르게 사는구나' 하는 막연한 생각만 있었다. 나는 자발적으로 간 교회에서 사회과학 공부를 시작했다. 1982년 1월쯤이다.

그때 읽은 책들이 『베트남 전쟁사』, 『전환시대의 논리』, 『한국 근대사』 등이다. 세상이 뒤집어지는 듯한 충격을 받았다. 애국가만 들려와도 가슴이 벅차던 나였다. 우리가 사는 군부독재 시대의 본모습을 안 것이다. 그런데도 나는 대학에 가면 '절대로 데모는 안 하리라' 다짐했다. 그때까지도 성공을 해 가난에서 벗어나겠다는 생각이 강했다. 그래서 입학 후에도 운동권 지하조직인 언더 서클에 들어가지 않고 탈춤 동아리 '탈패'에 들어갔다. 오픈 서클이 안전하다고 생각했기 때문이다. 하지만 교회에서, 서클에서 사회과학 공부를 하면서 의식이 바뀌기 시작했다. 개인이 성공을 꿈꾼다 해도 근본적으로 잘못된 토대 위에 사회가 만들어졌다면 결코 모두가 행복해질 수 없다는 사실을 깨달았다. 대학에 가서는 어떤 일이든 최선을 다해 죽어라고 열심히 하는 내 성격 탓인지 사회과학 공부도, 데모도 더 열성적으로 했다.

탈패 활동을 하면서 언더 서클을 직접 만들어 학생운동에 참여했다. 학교 수업 들으랴, 운동 하랴 눈코 뜰 새 없었다. 긴장감 속에서 운동을 이끌어가는 언더 서클에서는 학교에서 공개 활동을 하는 오픈 서클을 우습게 아는 경향이 있었다. 어떤 언더 서클 소속 학생들은 운동을 한다며 수업에 들어가지 않기도 했다. 요즘이야 학생이 수업 들으러 가는 것이 뭐가 특별할까 싶지만 1980년대 운동권 학생들 사이에서는 수업을 제치고 운동을 우선시하는 분위기가 팽배했고, 수업에 빠지는 것도 어느 정도 용인되었다. 하지만 나는 기본을 중시했다. 학생의 기본은 성실함이라 생각했다. 운동을 하는 것도 아니면서 수업에 수시로 빠지고 학사경고를 받는 이들은 학우들에게 인정받을 수 없다고 생각했다. 학생회실에는 수업시간에 소파에서 뒹구는 운동권 룸펜들이 흔했다. 특별한 이유 없이 수업을 듣지 않는 것은 나에게는 있을 수 없는 일이었다. 탈패의 공연 연습은 주로 저녁 시간대였다. 나는 낮에 데모가 없으면, 꼬박꼬박 수업에 들어갔다. 학과 교수들은 수업도 열심히 듣는 학생이 왜 그렇게 데모를 하는지 의아해했다.

1학년 때부터 타고난 성격대로 그야말로 '열심히' 운동을 하다 보니 서클에서 계속 리더 역할을 했다. 그래도 남녀 공학에서 여자가 회장을 맡는 경우는 거의 없었다. 2학년 중반, 다음 학기 회장 선거를 앞두고 언더 서클에서 우리 탈패를 지도한다는 명목으로, 회장 후보 남학생을 우리 서클로 보냈다. 학교에서는 항상 운동권 서클을 주시하고 있었다. 특히 회장 같은 임원급이 되면 부모에게 "댁의 자녀가 이렇게 계속 학생운동을 하면 감옥 간다"라고 협박 섞인 전화를 했다. 우리 서클 예비 회장도 예외가 아니어서, 학교에서 연락받고 놀란 그

단 하나의 대학 시절 사진
운동을 하는 우리는 '보안' 문제 때문에 사진을 많이 찍지 않았다.

의 부모가 그를 데려가 그대로 군대에 보내버렸다. 회장 후보가 사라진 탈패에서 내가 회장을 맡았다. 꿩 대신 닭 같아 자존심이 상했다. 운동권 내부에서도 남성 중심주의가 지배적이었다. 학생운동을 치열하게 하던 시기였지만 여자 대표는 얼굴마담 취급을 했고, 실세인 남자가 이면에 있을 거라 넘겨짚었다. 나는 탈패 창립 이래 최초의 여자 회장이었고, 학생 서클 회장 중 유일한 여자였다.

나는 얼굴마담이 아닌 실세 회장이었다. 나는 학교와 협상하는 일부터 탈패의 공연 기획, 연습, 세미나 등 모든 일을 무섭게 해냈다. 후배들은 하나같이 자기들을 "쥐 잡듯 잡았다"고 회상했다. 신입생이 들어오면 나는 각개전투 훈련장에서 기다렸다. 후배 단원들에게 탈춤의 기본 동작인 오금지희를 200번씩 시켰다. 말을 타는 자세로 움직이는 오금지희는 50번만 해도 다리가 풀리기 일쑤지만, 난 흐트러짐 없이 훈련을 실시했고 후배들은 200번은커녕 50번도 못 하고 나가떨어졌다.

"저 선배는 사람이 아니야."

공연 연습은 시작에 불과했다. 원성이 들려도 개의치 않고 훈련이 끝나면 사회과학 세미나를 하고 토론하며 후배들을 긴장 상태로 몰아넣었다.

한 선배가 "너는 여자 같지 않아서 좋아"라고 내게 말했다.

욕인지 칭찬인지 아무튼 이건 성차별적 발언이지만, 편견 없이 해석하자면 '몸 사리지 않고 거침없이 일 잘한다'라는 말이었으리라.

내가 여자라고 얕봤다가 큰코다친 선후배가 많다. 그때 나는 "한번 물면 절대 안 놓는다"라고 해서 후배들 사이에서 '불도그'로 불렸다. "불도그 떴다" 하면 앉아 있던 후배들도 벌떡 일어날 정도였다.

내가 회장이던 1984년은 정부가 학생운동에 대해 유화적인 정책을 취하던 때였다. 1980년 광주민주화운동 이후 학생회가 허용되었고, 짭새라 불리던 학내 상주 경찰들도 철수했다. 1984년 학교 축제 때는 대운동장이 꽉 차게 관객이 운집한 가운데 탈춤 공연을 했다. 나는 '제문'을 읽고 공연을 이끌었다. 공연에 이어 거대한 '고(鼓)' 위에 올라 그날의 시위를 주도했다. 한남동 사거리 교통이 마비될 정도로 데모대의 물결은 엄청났다. 학교에서는 엄마에게 "딸이 데모를 주동하고 있으니 와서 데려가라"고 전화했다. 엄마는 "내 딸은 내가 알아서 할 테니 신경 쓰시지 마라"고 대답했단다.

"네가 회장인데 그 많은 사람들 앞에 있는 너를 끌고 나오면 너는 뭐가 되니?"

엄마는 이런 말을 하며 축제가 끝나고 뒤풀이 때 와서 밥을 사주고 막걸리 값을 내주었다. 연락받고 달려와 딸의 머리채를 잡아끌고 간 동기 여학생의 부모님과는 대조적이었다. 하지만 내가 운동하는 것에 엄마가 찬성했던 것은 아니다.

내가 데모하는 것을 못마땅해했던 할머니 앞에서는 "그래도 쟤들 데모하는 거, 틀린 말 하나도 없어요"라며 내 편을 들었다. 하지만 학교에서 딸이 데모하다 감옥에 갈 거라고 계속 전화를 하니, 내가 언제 잡혀갈지 몰라 늘 불안해했다. 엄마는 딸 걱정에 잠을 편히 못 잤다. 엄마의 걱정이 늘수록 나와는 갈등이 커졌고, 내 행동에 간섭도 많아졌다. 나는 그대로 집을 나와 학교와 친구 자취집을 전전했다.

엄마가 찾아왔다.

"간첩질을 해도 좋으니 집으로 가자."

엄마가 성화를 대는 바람에 다시 집으로 들어갔다. 엄마는 당시 운동권들이 흔히 입던 바지와 운동화를 모두 치우고 화사한 블라우스와 치마, 뽀족한 구두를 내놓았다. 그런 복장이면 학교에 가는 것을 허락해 준다고 하기에 나는 흔쾌히 타협했다.

'치마 입고 구두 신는다고 데모를 못 할까.'

한동안 치마에 높은 구두 차림으로 데모에 참여했다. 종종 연합 집회가 열리던 동국대에서 언덕 아래로 스크럼을 짜고 내려올 때면 구두가 높아 몹시 힘들었다. 치마 입고 매번 대열 앞에서 열심히 시위하는 내 모습을 보고 후배들은 혀를 찼다. 치마를 입어도 불도그는 불도그였다.

세미나는 보통 팀원 자취방에서 했는데, 그때마다 얼마나 독하게 몰아쳤는지 후배들이 토론을 하다가 눈물을 흘리곤 했다. 한번은 여름 집단 학습을 마치고 점심을 먹는 자리에서 제대로 학습을 하지 않는다며 후배들을 혼냈다. 너무 심했는지 옆에서 식사를 하던 아저씨가 "밥은 먹여가며 혼을 내라"고 말릴 정도였다. 그런 후배들 중에는 운동을 중도에 그만둔 경우도 많았다.

지금 생각하면 여러 가지 면에서 내가 참 철이 없었다. '그럴 것까지 있었나. 좀 더 감싸주고 격려했으면 오래 함께할 수 있었을 텐데…….' 나 자신에게나 주변에 너무 가혹했다. 그래도 남아 있던 후배들은 나를 많이 따랐다. 심지어 두 살 아래 84학번 후배는 "누나랑 결혼하겠다"라고 공언하고 다녔다. 무서운 누나였지만 믿을 만한 선배, 무언가 함께하고 싶은 선배로 평가받았다. 감사한 일이다.

1학년 때 농촌활동 2회(학교 농활, 교회 농활), 2학년 때 공장활동(공활) 여름방학 한 달, 그리고 3, 4학년 때는 리더로 농활에 다녀왔다.

특히 책임자로 참여한 농활에서는 독종으로 유명했다. 간식 절대 금지, 새벽 5시 기상, 밤 9시 마무리, 새벽 1, 2시까지 평가회. 동네 어른들이 날 "무서운 선배"라 부를 만큼 혹독하게 일정을 꾸려나갔다. 남자 팀, 여자 팀이 각각 아랫동네, 윗동네에서 따로 잤는데, 새벽 5시면 여자 팀을 깨워 준비시키고 남자들이 있는 윗동네 숙소 마당에서 남자 후배들을 조용히 불렀다. 그러면 후닥닥 부산스레 움직이는 소리가 들리며 "일어났어요" 하고 불을 켰다. 그러면 바로 아침 조회를 했다. 떴다 하면 공포 분위기가 조성되는 독한 대장이었다.

마을 어른들은 우리를 정말로 좋아했다. 후배들은 죽을 지경이었어도 동네에서는 일 똑 부러지게 잘한다고 칭찬이 자자했다. 마지막 날이었다. 한 녀석이 경운기를 타고 가다가 손을 안쪽에 두어야 하는데 바깥쪽을 잡아 손등과 새끼손가락이 찢어지는 사고가 났다. 달려가 보니 피가 철철 흐르고 있었다. 이장님과 함께 후배를 병원에 데려갔지만 은근히 담이 약한 나는 피 흘리는 장면을 도저히 볼 수 없었다. 붕대로 손을 싸매고 이장님을 따라 돌아온 후배를 대청마루에 눕히고, 부채질을 해주며 참외를 깎아 주었다. 애들은 아픈 후배를 모두 부러워했다고 한다. 불도그가 과일을 깎아 주다니.

4학년이 되면서 핵심 지도부에서 주요 임무를 맡았다. 집회에 나가 잡히면 안 된다고 생각해 드문드문 나갔더니 어느 날 후배가 말했다.

"누나가 집회에 오면 끝장을 본다는 마음으로 임하게 되는데, 누나가 안 오면 저도 대충 하는 것 같아요."

나는 그 말에 깊이 반성하고 매일 집회에 나갔다. 솔선수범하지 않으면 조직의 리더가 될 수 없다. 어떤 프로젝트에서든 내가 가장 많은 일을 했기 때문에 후배들이 꾀를 부리지 못했다. 이는 내 성격에 기인한다기보다는 나 스스로 벌였던 '나 자신과 싸움'이었다. 대학 시절의 나 '불도그'는 책임감이 강했고, 스스로의 실수를 한 치도 용납 못 하는 원칙주의 실천가였다.

공포의 구사대

운동권에서는 데모를 주동하다 잡혀가면 학교를 정리하고, 노동운동을 위해 현장인 공장으로 떠나는 것이 정형화된 길이었다. 나는 3학년 때 데모 주동 순서 1번에 지원했다. 집안 문제도 해결하고 어서 현장으로 가고 싶었기 때문이다. 그런데 남자들의 경우 군대 문제가 걸려 있다 보니 군대 갈 선배나 동기들에게 내 순번을 양보해야 했다. 군대 가는 남자들에게 순위가 밀리고, 유화 국면이라 데모를 주동해도 감옥에 가지 않고 훈방해 버렸기 때문에 생각과 달리 나는 졸업까지 했다.

4학년 때부터 계속 현장에 대해 고민했지만 본격적으로 준비한 것은 졸업을 앞둔 1월부터였다. 언더 서클 선배나 친구들과 노동조합 결성 및 운영과 관련된 학습을 하며 학생운동 출신의 어투를 버리고 쉬운 용어, 쉬운 말을 사용하는 훈련을 했다. 드디어 6월쯤 구로공단 지역에 방을 얻었다. 졸업식 때 축하금 받은 것을 비롯해 용돈을 극도로 절약하며 돈을 모아 방세를 마련했다. 집에서 야반도주를 감행했다. 엄마에게 편지 한 장 써놓고 새벽에 나서는데 바로 밑 동생이 일어나 울며 난리를 쳤다. 우는 동생을 뒤로하고 도망쳤는데, 편지를 본 엄마는 그대로 쓰러졌다고 한다.

목표한 회사는 자동응답기 전화로 유명한 ○○○전자였다. 입사하려니 이곳은 직원이 700명 이상인 사업장이어선지 경력이 필요했다. 먼저 규모가 작은 전자회사에 들어갔다. 오디오기기 회사인 롯데파이오니아에 부품을 납품하는 공장이었다. 2, 3개월을 다녀 경력을 쌓고 ○○○전자에 입사했다.

공장에 입사하고 한 달 후에 집에 가니 엄마가 나를 못 보낸다고 막아섰다. 안 보내주면 죽고 말겠다고 위협했지만 엄마는 꿈쩍도 하지 않았다. 나는 엄마에게 시위를 하느라 급기야 내 방 창문을 손으로 깨고 기어이 피를 보았다. 엄마 가슴에 대못을 박은 것이다. 그날 엄마는 "내 딸이 아니다"라고 하더니 셰퍼드 같은 대형견을 묶는 쇠사슬로 된 개줄로 내 손목을 묶어 나를 못 움직이게 했다. 나는 하루 종일 단식투쟁에 돌입했다. 이튿날 아침 엄마는 백기를 들었다. 나를 풀어주고 나서 공장으로 떠나기 전에 반찬을 잔뜩 싸주며, "좋다 어디 가든 감방 갈 짓 하지 말고, 한 달에 한 번 꼭 집에 와라"라고 말했다. 난 정말 못된 딸이었다. 나중에 후배들이 집안 문제로 고민할 때, 나는 내 사례를 말해주며 "서로에게 깊은 상처가 되니 너무 심하게 하지 마라"고 조언하곤 했다. 지금 생각해도 부모님께 죄송스러운 일이었다.

가끔 우리 아들이 말을 듣지 않을 때, 남편은 "우리 옛날 생각해 봐"라고 한다. "그러네." 나는 바로 수긍한다. 그 시절 나를 생각하면 지금 내 아들은 양반이다.

○○○전자에 들어가 처음에는 그냥 조용히 다녔다. 공문서인 주민등록증과 사문서인 이력서를 위조해 위장취업을 했는데, 내 이름은 김금희, 학력은 중졸이었다. 포장부에서 제품을 포장하고 검수하는 일을 했다. 난 공장 친구들과 같은 방식으로 살았다. 구로동에 방을 얻어 생활하며, 노동자 친구들이 떡볶이를 사면 나는 튀김을 샀다. 그저 그들과 똑같이 지냈다. 학생운동 출신들이 노동자들에게 밥을 사주곤 했는데 나는 절대 그런 일은 하지 않았다. 사실 나도 가난한 집에서 태어나 그들과 다를 바 없는데, 그저 대학을 나왔고 운동을 했을 뿐이다. 나는 다른 친구들과 똑같이 생활했다. '벌집'이라 불리는 닭장 같은 집에서 같이 살았다.

노동운동을 이끄는 우리 조직은 점조직이라 서로를 알 수 없었는데, 우리 조직의 맨 위에는 서노련 김문수가 있었다. 지금은 그렇게

○○○전자 동료들과
함께

다른 길을 가는 정치인이 되고 말았지만 그때는 노동운동의 리더였다. 그러다 우리 조직의 한 거점이 털리는 일이 생겼다. 노동 현장은 보안이 생명이라 조직원인 우리끼리도 누가 누군지 서로 몰랐다. 본명은 물론이고 어느 학교 출신인지도 몰랐다. 모든 것이 가짜였다. 그런데 털린 조직의 책임자는 각 조직원의 모든 정보를 알고 있었다. 위에서 지시가 내려왔다. 우리 조직의 정보가 유출될지 몰라 위험하니 공장에서 나오라 했다. 공장을 나오려는데 회사에서는 이런 사정을 모르다 보니 나에게 휴가를 준다고 했다. 엄마가 편찮으시다고 핑계를 대고 두 달인가 휴가를 냈다.

쉬는 동안 이념 투쟁이 계속되었다. 나는 "너희는 어떻게 털릴 수 있느냐"고 조직 지도부를 강하게 비판했다. 내 기억으로는 당시 영등

포 성문밖교회에 노동운동가들이 400여 명씩 모였다. 1987년엔 노동운동의 규모가 상당히 컸다. 현장에서는 논쟁이 엄청나게 오갔다. NL이냐 PD냐 하는 논쟁은 매일 밤, 새벽까지 이어졌다. 치열하게 논쟁에 참여하던 나는, 어느 날 더는 이념 논쟁에 매몰될 수 없다고 생각했다.

두려움 없이 결단을 내렸다. 윗선을 끊는다고 선언했다. 우리 조직은 대중노선을 채택하고 모임 장소를 옮겼다. 연결선을 차단하고 다시 공장으로 들어갔다. 그리고 노동조합을 만들었다. 나도, 현장에 같이 들어갔던 친구도, 남자 선배도 저마다 다니던 공장에서 노동조합을 조직했다. 1988년 3월 초 드디어 한노총(한국노동조합총연맹) 금속노조 산하 노동조합이 출범했다. 점조직으로 움직였기에 회사는 처음에는 노조 설립 움직임을 몰랐다. 나중에 그 사실을 알게 된 회사는 엄청난 탄압을 시작했다.

초기에는 사장과 교섭할 기회가 있었지만 사장은 곧 우리를 상대하지 않고 구사대(좌경 노동조합으로부터 회사를 구한다는 의미로 회사에서 만든 어용단체)를 만들어 대응했다. 우리가 출근하면 경비실 옆에 있는 작은 방으로 끌고 갔다. 우리를 감금하고 하루 종일 때리고 협박했다. 그들의 요구는 위원장 사직, 핵심 간부 사직, 핵심 조합원의 노동조합 탈퇴였다. 매일 10여 명의 핵심 멤버가 그 방으로 끌려갔다. 나는 교육부장이었다. 조합원은 몇십 명이었으나 교섭 중에 이처럼 탄압하니 조합이 흩어지고 있었다. 사직서, 노조 탈퇴 등 압력을 받으며 매일매일 너무 많이 맞았다. 심지어 그들은 자그마한 여자 조합원을 코트를 입은 그대로 시멘트 벽에 박힌 옷걸이용 못에 걸기도 했다. 나는 워커에 발을 심하게 밟혀 지금도 발등에 그 자국이 선명히 남아 있다.

당시에 은강교회에서 먹고 자고 했는데 아침에 나갈 때면 마치 도살장에 끌려가는 소가 된 것같이 발걸음이 무거웠다. 한 달이 채 안 된 어느 날이었다. 이렇게 계속 맞다가는 그대로 죽을 것 같았다. 친구랑 밥 먹으러 나가는 척하고 도망쳐 신고하기로 했다. 신호와 함께 무조건 달려 구로1공단 사거리까지 뛰었다. 차가 쭉 밀려 있는데 서 있던 택시 운전사가 우리가 다급하게 튀어나오니 뭔가 문제가 있음을 눈치채고 얼른 태워주었다. 노동조합 때문에 탄압받는다고 말하니 노동 상담을 하는 곳에 내려주었다. 그곳에 가서 신고를 하고 상담원과 같이 가니 그날만은 때리지 않았다. ○○○ 구사대는 악랄하기로 유명했다. 구사대는 우리를 탄압하는 과정에서 노동조합도 빼앗았다.

구타에 시달렸던 우리 노조원들은 구사대를 폭행으로 고소했다. 이때 우리를 도와준 변호사 사무실에 방문하곤 했는데, 당시에는 몰랐지만 훗날 알고 보니 조영래 변호사 사무실이었다.

어느 날 아침, 거기서 일하는 박석운 선배를 만나러 서소문 사무실로 가는 길이었다.

"정춘숙."

누가 불렀다. 무심결에 돌아보았다. 아차 싶었다. 괜히 딴 곳으로 눈을 돌리며 모르는 체하고 지나가려는데 "다 알고 왔어" 하며 형사들이 사지를 들어 나를 차에 싣고 어디론가 달렸다. 영등포서 아니면 관악서였던 것 같다.

나는 같이 활동하던 사람들에게 혹시 내가 잡힐 것에 대비해, 12시간 동안 연락이 되지 않으면 잡힌 줄 알고 그에 따라 행동하라고 미리 이야기해 두었다. 처음에는 12시간을 끌기 위해 최대한 어리숙하게 보이려 애썼다.

"이름이 뭐야?"

"김금희요."

"너, 정춘숙이지?"

"아닌데요, 어디 가서 알아보시든가 ……."

열 손가락의 지문을 채취해 신원 조회를 기다리는 동안 얼뜨게 굴었더니, 처음에는 형사들도 '어쩌다가 걸렸니' 하는 분위기였다. 하지만 우리 집을 수색하는 과정에서 미처 치워놓지 못한 사회과학 서적들이 발견되었다. 조사를 받고 남부지검으로 넘어갔다. 경찰서 유치장에서 검찰 구치소로 간 것이다. 유치장에 있다가 구치소에 가니 엄청 좋았다. 잘 때 맨바닥에 눕지 않아도 되었기 때문이다.

그 **여자**들의 생
감방에서 만난 **그들**

나를 담당한 남부지검 검사는 젠틀한 느낌의 멋쟁이였다.

"커피 마실래? 담배도 있는데 ……."

"커피 주세요. 담배는 원래 안 피워요."

내가 검찰로 넘겨지자 엄마에게도 연락을 한 모양이다. 커피를 마시고 있는데 엄마가 왔다. 검사는 엄마에게 들어오시라 했지만 엄마는 "아니에요" 하더니 그냥 나가셨다. 난 엄마가 곧 돌아올 줄 알았지만, 조사를 받는 내내 오지 않았다. 검사는 나에게 "반성문을 쓰라" 했다. 나는 "반성할 것이 없다"고 쓰지 않았다.

다음 날 엄마가 구치소로 면회를 왔다.

"어제 어디 갔었어요?"

"집에 갔지. 어차피 잡혔는데 하고 싶은 말이라도 다 하라고. 내가 옆에 있으면 못 할 거 아냐."

엄마는 가끔씩 허를 찔렀다. 당시 운동권의 어머니들은 민주화실천 가족운동협의회(민가협) 같은 조직을 만들어 자식들의 옥바라지나 운동을 지원할 뿐 아니라 그들 스스로 반독재 민주화운동을 전개했다. 우리 엄마는 민가협 활동을 한 것은 아니지만 딸 덕분에 정치적으로 의식이 높아지고 있었다. 엄마는 보이지 않게 나를 지지해 주었다. 구치소로 넘어오기 전, 경찰서 유치장에서는 엄마가 김밥, 오징어 같은 간식을 하도 많이 넣어주어 형사들이 "넌 소풍 왔냐?"고 놀리기도 했다.

엄마는 말했다.

"차라리 감옥이 낫네."

"뭐가?"

"노동운동 할 때는 어디 사는지, 죽었는지 살았는지 몰라 걱정이 태산이었는데, 여기는 찾아올 수 있으니 차라리 낫지."

젠틀맨 검사는 5월에 내보내 줄 수도 있는데, "5월에 나가면 5·18 민주화운동 시기에 걸려 시끄러우니 차라리 6월에 나가라"고 말했다.

어떻든 나는 그렇게 감방에 들어가 그곳 식구들과 생활했다.

구치소에 들어간 때는 완전히 어두워진 밤이었다. 내가 들어서니 모두 나를 힐끗 보았다.

'쟤는 또 뭐야?' 하는 분위기였다.

재소자들은 수인 번호를 달고 있는데 범죄에 따라 바탕 색깔이 달랐다. 절도, 폭력 등 경미한 6개월 미만 재소자는 흰색 바탕, 시국 사범은 빨간색, 살인범은 노란색이었다. 그곳에서는 색깔에 따른 등급이 암암리에 존재했다. 나는 독방이 없어서 합방을 했다. 그 방에는 10명 가까이 있었다. 사람들은 내가 공안 사범임을 바로 알아챘다.

"학생이야?"

"공장 다니다 왔어요."

감방 안에 있던 그들은 나를 신기하게 생각하기도 했다. 데모니 노동운동이니 하며 세상을 시끄럽게 하는 나이 어린 정치범이라 특이해 보였던 것 같다. 나도 그들에게 호기심이 일었다. '죄를 짓고 사회와 격리된 사람들'이라는 내 선입견과는 달리 여느 여성 집단처럼 푸근한 분위기가 있었다.

이목구비가 단정한 사기범 아줌마, 귀엽게 눈웃음치는 절도범 아줌마, 퉁명스러운 말투에 말주변은 없지만 은근히 다른 사람을 챙겨주는 내 엄마 또래 기결수, 살인범 미옥 씨(가명), 그리고 구석에 미동도 하지 않고 앉아 있는 영숙 씨(가명) 등이다. 나이 많은 기결수를 제외하고는 나를 포함해 모두 미결수였다.

노란색 바탕 영숙 씨는 별로 말을 하지 않았다. 움직임도 거의 없었는데, 그도 그럴 것이 영숙 씨는 수갑을 차고 포승줄로 묶여 있었기 때문에 손을 전혀 쓸 수 없었다. 거듭 자살을 시도했기 때문이다. 그런 영숙 씨에게 식사 시간이면 기결수 아줌마와 절도범 아줌마가 밥을 떠먹여 주었다.

"내가 이거 먹고 살아서 뭐 해, 나 좀 죽게 내버려 둬요."

어린 딸이 있던 영숙 씨는 워낙에 내성적인 사람이었던 것 같다. 남편이 폭행만 할 뿐 돈을 벌어오지 않았다고 했다. 영숙 씨는 먹고살기 힘들어 함께 죽으려고 연탄불을 피웠는데 아이만 죽고 자기는 살았다고 한다. 이들을 발견했을 때 딸은 이미 하늘나라로 떠난 다음이었다. 영숙 씨는 딸을 살해한 혐의로 구속되었다.

간헐적으로 울어대는 영숙 씨를 다독이던 사람들은 서로 붙들고 눈물지었다. 처음에는 좀처럼 못 먹던 영숙 씨도 시간이 좀 지나자 제 손으로 밥을 먹었다.

또 다른 살인 피의자 미옥 씨는 남편을 죽였다. 미옥 씨는 울릉도에서 서울로 올라와 공장에 취직했다. 거기서 남편이 된 그 남자를 만났다. 남자는 사는 꼴이 말이 아니었다. 실명될 처지인 홀어머니와 어린 딸이 있었다. 미옥 씨는 그 남자가 불쌍했다.

"내가 아니면 이 남자를 거둘 수 있는 사람이 없겠다 싶었어요."

미옥 씨는 남자의 집에 들어가 살면서 아픈 어머니와 어린아이를 돌보며 공장에 다녔다. 바보같이 헌신적이었다.

어느 날 미옥 씨 남편의 행동이 수상했다. 같은 공장에서 일하는 여자와 바람이 난 것이다. 미옥 씨는 공장 일을 마치고 남편과 바람을 피운 여자의 집으로 찾아갔다. 그 집에서 남편과 마주친 미옥 씨는 그와 실랑이를 벌였다. 분하고 억울해서 화가 머리끝까지 치민 미옥 씨는 무심결에 공장에서 쓰다가 주머니에 넣어둔 쪽가위를 꺼내 남편에게 휘둘렀다. 가위에 찔린 남자가 쓰러졌다.

"정말 죽은 줄 몰랐어요. 그냥 엄살 부리는 줄 알았어요."

미옥 씨는 현장에서 체포되었다. 미옥 씨는 나랑 동갑내기, 스물네 살이었다.

매일 좁은 공간에서 먹고 자고 부대끼다 보니 구치소 식구들과 점점 정이 들었다. 사용하는 언어는 거칠었어도 성격이 포악하거나 이중적이지는 않았다. 방의 리더는 단연 기결수 아줌마였다. 아줌마 덕분에 서로 단결이 잘되는 편이었다. 절망에 빠진 영숙 씨 외에는 감방 안에서 크게 말썽 피울 사람은 없었다. 다만, 정치범인 나는 통방을 통해 아랫동 정치범과 교신하며 뉴스를 접했고, 외부 상황에 따라 집단행동에 참여하기도 했다.

1988년 5월 중순, 조성만 열사의 분신 소식이 전해졌다. 우리 정치범들은 하루 동안 단식하며 조 열사를 애도하기로 했다. 밖에서와는 달리 한 끼만 먹지 못해도 어지럼증이 일었다. 여사 담당이 나를 불러 내일부터 먹지 않으면 강제 급식을 하겠다고 협박했다. 어차피 계획이 1일 단식이었으므로 나는 하루 만에 단식을 종료했다. 하지만 영숙 씨는 입소 초기에 강제 급식이나 다름없는 식사로 간신히 목숨 줄을 이어갔다. 영숙 씨에게 다시 살아갈 의지를 일깨워 주는 것이 시급했기에 몹시 안타까워했던 기억이 있다. 당시에는 잘 몰랐지만, 영숙 씨의 상처를 치유하려면 긴 시간과 전문가의 도움이 필요했다는 것을 새삼 깨닫는다.

얼굴이 곱상하고 목소리가 차분한 절도범 아줌마는 누구에게나 곰살맞게 굴었다. 본인이 사기 친 이야기를 할 때는 모두들 조마조마해하다 박장대소할 만큼 드라마틱하게 이야기를 풀어내는 재주가 있었다. 아기를 낳지 못해 소박맞은 아픈 과거가 있는 그녀는 우리에게 금은방 절도법도 가르쳐주었다. 잔정은 많았지만, 거짓말이나 절도가 남에게 피해를 준다는 관념이 도무지 없으니 나쁜 사람임이 틀림없었다. 나는 나쁜 사람과 좋은 사람이 백지장 한 장 차라는 것을 실감했다. 어떻게 교육받고 가치관이 형성되느냐에 따라 삶의 태도가 달라진다. 물론 교육받지 않고도 본능적으로 옳고 그름을 가려내는 사람이 세상에는 많지만 말이다.

저마다 사정이 달랐지만 이들에게는 사회의 구조적 모순이 낳은 범죄자라는 공통점이 있었다. 대학 교육을 받은 사람은 사기범 아줌마와 나뿐이었다. 어떻게든 살아남아야 했던 그들의 신세타령은 가난에 대한 한으로 마무리되곤 했다.

그들은 대학을 졸업한 젊은 아가씨가 시집은 안 가고 왜 이런 곳에 와 있는지 궁금해하기도 했다. 화염병과 돌을 던지는 학생들의 모습이 끊임없이 뉴스로 보도되고 민주화라는 말이 일반인에게도 낯설지 않던 그때, 감방 안에는 학생운동 출신에 대한 호의와 은근한 기대가 있었다. 모두가 잘사는 세상을 위해 그런다고 기회가 있을 때마다 이야기했지만, 그런 규범적인 이야기에는 별로 감동하지 않는 눈치였다. 하지만 여자들에게 불리한 사회에서 이리저리 치이며 살아온 과정을 이야기하는 그들은, 오히려 그동안 협소한 시각으로 세상을 바라보던 나를 다시 한번 성찰하게 했다.

감방은 사방을 둘러봐도 칙칙한 색뿐이기에, 밖에서 들여보내 주는 일상 용품의 색깔에 많이들 집착했다. 특히 수건은 촌스럽기 그지없는 요란한 색을 선호했는데, 꽃분홍색, 빨간색, 쨍한 노란색, 코발트블루 등 명도가 높을수록 환영받았다. 재소자들은 수건에서 화려한 색실을 뽑아내고 칫솔을 갈아 대바늘처럼 만들어 머리띠나 장갑 등을 직접 짜곤 했다. 특히 손재간이 좋은 우리 방 식구 중 한 명은 내게 빨갛고 노란 꽃을 만들어 붙인 화려한 머리핀을 만들어주었다. 나는 자랑스럽게 그 핀을 꽂았다. 사회에서는 사기를 쳐서라도 남의 것을 빼앗으려던 사람들이 모인 이 작은 공간에서, 이율배반적으로 가진 것 없어도 서로 나누고 싶어 하는 마음이 넘쳐났다. 꽃 핀은 우정의 상징이었다.

머리에 **꽃송이** 꽂고 **어머니**께 **시**를 바치다

1988년 6월 중순, 드디어 재판이 열렸다.

학생운동이나 노동운동 출신들이 재판을 받는 재판정 풍경도 시대의 유행(?)에 따라 달랐다. 어느 때는 개인적으로 훌륭한 뜻을 지닌 '민주 변호사'의 변호가 대세였다면, 또 어느 시기는 민변 등 변호사 단체가 지원하기도 했다. 내가 재판정에 섰을 때는 변호사 없이 본인이 최후진술을 하는 경우가 많은 때였다.

나 역시 혼자 재판을 했으므로 최후진술을 준비해야 했는데, 법정에서 무슨 말을 할까 몇 날 며칠을 고민했다. 우리 사회의 민주화와 내가 왜 이 길을 선택했는지, 그리고 노동자들의 삶이 어떠한지 할 말이 태산 같았지만 내게 주어진 시간은 턱없이 적었다. 나는 이날, 나 때문에 고생하는 엄마에게 꼭 감사하다는 말을 전하고 싶었다. 나는 말 대신 시 한 편을 낭송하기로 마음먹었다.

머리가 길었던 나는 법정에 같은 방 재소자가 만들어준 그 머리핀을 일부러 꽂고 나갔다. 부스스한 긴 머리에 요란한 꽃으로 장식된 커다란 머리핀, 방청을 위해 온 내 친구들은 나를 보고 실소를 금치 못했다.

"웬 꽃 핀?"

나는 억압된 사회구조 속에서 신음하는 노동자와 민주주의를 이야기했다. 독재정권 아래 가장 고통스럽게 살아가는 사람들은 결국 가장 힘이 없는 사람들임을 토로하며 진술을 마친 후 나는 준비한 시를 암송했다.

때로 나의 지지대가 되고, 때로 나의 애증이 되던 이
가슴에 못 박으며 나 잘났다 내 길 걸을 때
흘렸을 눈물들에 이제야 가슴 아프다
그래도 손잡아 주고, 그래도 보듬어주던 그 손길에
지금의 내가 있음을 이제사 고백한다

법정은 눈물바다가 되었다. 펑펑 우는 엄마의 모습이 보였다. 제살을 깎아 자식을 낳고 키워낸 세상의 수많은 어머니들, 일하고 병들고 범죄를 저질러도 자식에 대한 애정을 포기할 수 없는 가난한 어머니들의 모습도 함께 보였다. 나는 눈물을 씹어 삼키며 의연하고 강한 모습을 보이려 이를 악물고 참았다.

"정춘숙, 징역 8개월에 집행유예 2년."

죄목은 공·사 문서 위조였다. 중졸로 속이고 주민등록증을 위조해 공장에 위장취업을 했다는 게 표면적인 이유였다.

내가 살아왔던 1980년대는 어둡고 억압적인 분위기가 사회를 지배했다. 데모할 때마다 '오늘 잡혀가면 어떻게 하나' 하는 생각이 들었다. 20대 초반 젊디젊은 시기를 어떻게 매일 그렇게 살았는지 모르겠다. 학교 다닐 때는 간이 배 밖으로 나온 것처럼 행동했다. 신념에 따라 정의롭게 살다 죽겠다고 생각하니 두려울 것이 없었다.

하지만 ○○○전자에서 물리적인 폭력이 정말로 무섭다는 것을 절감했다. 감방에 있으니 차라리 나았다. 불안감도, 혼란도 가라앉고 머릿속이 어느 정도 정리되었다. 이곳 감방에서 앞으로 내가 가야 할 곳이 어디인지 가늠할 수 있었다.

'나의 존재와 일치되는 운동을 찾아야 한다.'

하지만 그때까지 구체적인 방안이나 별다른 계획이 없었다. 형이 확정된 후 구치소에서 나온 나는 다시 공단으로 향했다.

노동운동에서 **여성**운동으로

　감옥을 나와서는 좀 쉬다가 구로공단에 취업하려 했으나 되지 않아 안산공단으로 갔다. 이번에는 정춘숙이라는 이름으로 이력서를 냈다. 학력은 어쩔 수 없이 고졸로 했지만, 이름까지 속이지는 않았다. 하지만 나는 이미 블랙리스트에 올라 있어 어느 공장에 들어가든 3개월을 버틸 수가 없었다. 가는 곳마다 학생운동 출신이라는 것이 곧 들통나 버렸다. 안산 자동차 에어필터회사, 전자회사, 그러다 도금 단지까지 갔다. 여러 회사를 전전했으나 계속 쫓겨나는 바람에 공장에서 노동조합을 조직하는 것은 요원했다. 나는 선배들과 함께 기아자동차 부품을 만드는 하청업체들의 협의체인 '안산자동차부품노동조합

협의회'를 만들어 초대 간사를 맡았다. 이곳에서 노동운동을 측면 지원하는 일을 했다.

나는 안산으로 향할 때 현장에서 평생 노동자로 살겠다고 각오했지만, 뜻한 대로 일이 진행되지는 않았다. 민주노총이 만들어지던 시기였다. 민주노총에서 일하자는 권유가 있었지만 거절했다. 현장에서 활동하며 내가 진정한 노동자가 아니라는 근본적인 문제가 가로막혀 있음을 실감할 때가 많았다. 존재에 대한 고민이 깊어졌다.

'평생 변하지 않는 존재로부터 출발하는 운동이 무엇일까?'

나는 소설을 쓰겠다는 생각을 그때도 여전히 하고 있었기 때문에 일주일에 한 번 민족문학작가회의에서 소설 작법을 배우고 있었다. 같이 소설을 공부하던 친구의 친구가 '한국여성의전화'에서 일하고 있었다. 나는 여성이 억압받아 온 존재라는 것을 직관적으로 알고 있었지만, 운동의 관점에서 구체적으로 생각해 본 적은 없었다. 그 당시 여성운동은 운동권 내부에서 중요시 여겨지지 않는 부문 운동에 불과했다. 심지어 여성운동이 기존 운동권을 분열시킨다고 주장하는 사람들이 있을 정도였다.

인간에 대한 존중을 무엇보다도 중시하는 운동권 내부에서 여성에 대한 인식은 가부장적 사고와 군사문화를 벗어나지 못할 때가 많았다. 운동을 한다는 남자들이 여자를 도구화하거나 비하하는 언어를 거리낌 없이 사용한다거나 음담패설을 늘어놓거나 언어로 성희롱을

베이징여성대회 준비회의가 열린 필리핀 마닐라에서(1993년 11월)

하더라도 누구도 제지하지 않았다. 모두들 쉽게 농담으로 받아들이고 웃어넘겼다. 나는 이런 상황에 분노하거나 불편해했지만 이를 여성운동과 연결해 생각하지는 못했다. 남성들의 일탈 행동을 막연하게 문제라고 생각하며 불쾌감을 느끼는 것과 이를 문제로 인식하여 원인을 분석하고, 대응책을 모색하는 것은 전혀 다른 문제였다. 그러다 현장에서 노동운동을 같이하던 친구들이 노동자 남편과 결혼한 후 가정폭력에 시달리는 것을 봤다. 심각한 폭력이 집 안에서 벌어지면 이를 가정 문제로 치부하며 덮어버렸다. 감방에서 만난 영숙 씨도 반복되는 남편의 폭력, 가난에 찌든 삶의 고단함 때문에 딸과 함께 극단의 선택을 하려다 살인자가 되지 않았던가. 여성 문제는 언젠가 내가 풀

한국여성의전화 사무실에서(1993년)

어야 할 숙제였다. 우연치 않게 그때를 만났다.

1992년 서른 살 때였다. 어느 날 글쓰기 공부 모임에서 앞서 말한 친구의 친구가 내게 "한국여성의전화에서 상근 간사를 구하는데 지원할 생각이 있냐?"고 던지듯이 물었다. 이력서를 내고 면접을 보러 가겠다고 나서면서도 내 태도는 시큰둥했다. 확신이 들지 않았다. 여성운동에 대한 이해도 천박했다. 면접을 보며 "홍보와 상담 두 자리가 비었는데 어느 쪽을 지원할 것이냐?"는 질문을 받았다. 나는 그동안 운동 경험을 통해 그 조직의 핵심 사업을 담당하는 일이 중요하다는 것을 알고 있었다. 그래서 나는 "한국여성의전화라는 조직의 중심 역할을 수행하는 상담 부서로 가겠다"고 적극적으로 답했다. 그 순간 내가 내 인생에서 중요한 결단을 내렸음을 알았다. 이 분야의 일을 전혀 모르는 무식한 상태였지만, 숙명처럼 '이 일을 해야만 한다'는 내면의

소리를 들었다. 다시 피가 끓는 것 같았다.

20대를 보낸 공단에서의 시간은 하루하루 피 말리는 기억의 나날들이다. 공단에서는 시도 때도 없이 가슴 아픈 이야기가 들려왔다. 노동운동을 하려고 출근하던 첫날, 전날 누군가가 정리하지 않고 바닥에 늘어놓은 고압선을 밟아 즉사한 사람, 연탄가스를 마시고 실려가 끝내 살아 돌아오지 못한 사람들, 노조를 만든다고 잡혀가던 사람들의 이야기들. 구로동에서 살던 시기, 출근할 때마다 방문을 열고 나오면서 오늘 잡혀갈 수도 있겠다는 불안감을 이기고자 거울을 보며 "파쇼 타도" 구호를 혼자 외치고 나왔다. 그렇게라도 해야 흔들리지 않고 중심을 잡을 수 있었다. 아프다고 주저앉을 수는 없었다.

몇 년 전 구로동에 가보니 살던 집이 아직도 그대로 있었다. 지금도 가끔 ○○○전자에 함께 다녔던 친구들을 만난다. 보험회사에서 일하는 사람, 전업주부, 지역공동체 활동가 등으로 다양한 분야에서 일한다. 그들과 함께했던 시절의 이야기는 어떻게 보면 흔한 이야기지만, 내게는 하나하나가 특별한 역사다. 지금까지도 계속 이어져 오늘을 사는 내게 삶의 방향을 알려주는 지시등이다. 나는 노동운동에서 여성운동으로 전환했다. 선배들과 동료들은 왜 여성운동이냐고 비판적인 시선을 보냈고, 다시 돌아오라고 6개월이 넘게 나를 설득했다. 그러나 나는 비로소 내 존재와 일치하는 운동의 장을 찾았다. 나는 그렇게 한국여성의전화에서 제2의 인생을 시작했다.

맞고 사는 것이 당연한 줄 알았어요

1992년 한국여성의전화 상담부 간사가 되었다. 1983년 설립된 한국여성의전화는 가정폭력, 성폭력 등 여성에 대한 모든 폭력과 여성 인권침해 문제를 우리 사회에 지속적으로 제기해 온 우리나라 최초의 여성 폭력 상담 기관이며 여성운동 조직이다. 심각한 문제에 직면한 여성들과 대면하는 최전선이라 할 수 있기에 이곳은 나에게 또 다른 처절한 '현장'이 되었다.

한국여성의전화 간사로 시작해 인권부장, 사무국장, 한국여성의전화연합 사무처장을 거쳐 서울여성의전화 회장, 2009년부터 2015년 퇴임할 때까지 한국여성의전화 상임대표까지 지냈으니 약 23년을 한국

아시아태평양지역회의 참가자들
1995년 베이징여성대회를 준비하기 위한 아시아태평양 지역 국가 관계자들의 회의가 1993년 11월 필리핀 마닐라에서 열렸다.

여성의전화와 함께한 셈이다.

나는 이곳에서 어떤 형태든 폭력으로 고통받는 수많은 여성을 만났다. 20여 년 동안 한국여성의전화에서 활동하며 엄청나게 많은 사례를 직접 보고 겪었다. 한 건 한 건이 아픔과 절망을 버티며 다시 살아보고자 애썼던 분들의 삶의 이야기이기 때문에 있는 그대로를 다 전할 수는 없다.

누군가는 한국여성의전화를 통해 가정폭력의 사슬에서 벗어났고, 누군가는 조용히 속삭이다가 체념했다. 또 누군가는 용기를 내어 찾아왔지만 다시 원점으로 돌아가 같은 고통을 받고, 누군가는 결국 돌아올 수 없는 길로 떠났다. 고통을 말하는 사람들과 그것을 들었던 우리 모두는 함께 힘을 모아 해결 방법을 찾기 위해 노력했다. 한국여성의전화에서 국회 여성가족위원회, 보건복지위원회까지 30년에 가까운 여정은 내가, 우리가 여성으로서뿐 아니라 인간으로서 사람답게 살 수 있는 길을 몸으로 부딪치며 찾아내는 탐구와 실천의 과정이었다.

나를 최초로 충격에 빠뜨린 말은 어려서는 아버지에게, 커서는 남편에게, 그리고 세월이 흘러서는 아들에게 맞았다는 여성의 말이었다.

"맞고 사는 것이 당연한 줄 알았어요."

가정에서 폭력이 일어나는 것은 결코 당연한 일이 아니다. 폭력을 당하는 여성의 문제는 개인의 일탈로 발생하는 문제가 아니다. 이는 역사, 정치, 경제, 사회, 문화, 제도 등 우리 사회구조 전체와 관련된 일이다. 1997년에 '가정폭력방지법'(정식 법안명은 가정폭력방지 및 피해자 보호 등에 관한 법률)이 제정된 이후 세상이 많이 바뀌었다고 하지만, 가정폭력은 외부로 드러나지 않는 경우가 더 많아 발표되는 통계가 최소치라고 보면 된다.

한국여성의전화에서는 여성 인권과 관련된 전방위 활동을 수행했다. 나는 한국여성의전화에서 일하던 초기부터 법적 문제에 관심을 두었다. 가정폭력 피해자들이 참다 참다 가해자를 살해하더라도 법이 피해자를 전혀 보호해 주지 못하는 상황을 지켜보며 법과 제도의 중요성을 일찍이 깨달았다. '가정폭력방지법' 제정은 한국여성의전화가 창립 초기부터 제기한 중요 과제다.

1994년부터 '가정폭력방지법' 제정 운동을 시작했다. 외국 법률을 연구하고 변호사를 조직하는 등 실무를 담당했다. 1996~1998년 여성연합 '가정폭력방지법' 제정 추진 특별위원회 책임간사를 맡은 나는 1997년 12월 국회를 통과한 '가정폭력방지법' 제정 전 과정의 실무 책임자로 활동했다. 1997년 12월, 드디어 '가정폭력 방지 및 피해자보호 등에 관한 법률'과 '가정폭력 범죄의 처벌 등에 관한 특례법'(두 법을 '가정폭력방지법'이라 통칭) 제정이라는 결실을 보게 되었다. 내 평생 잊을 수 없는 소중한 훈련이며 기회였다. 이렇게 비정부기구(NGO)가 중심이 되어 법 제정을 이뤄낸 것은 국제적으로 특이한 경우다. 나의 법 제정 경험을 이야기하면 외국 친구들은 나보고 "너 국회의원이니?" 라고 질문하곤 했다.

'가정폭력방지법' 제정 운동을 총괄하면서 그때 우리 사회에 만연했던 통념들과 치열한 싸움을 벌였다. 이 운동을 시작할 때 혹자는 "비바람은 가정에 들어갈 수 있지만, 법은 가정에 들어갈 수 없다"라며 법 제정을 극렬히 반대했다. 지금은 상상하기 어려운 말이지만 그때의 의식수준이 그랬다.

1990년대 초반 가정폭력 가해자인 아버지를 아이가 우발적으로 죽인 사건이 있었다.

'가정폭력방지법' 시안 기자간담회 및 순회교육
'가정폭력방지법' 제정은 한국여성의전화가 창립 초기부터 제기해 온 중요한 과제였다. 한국
여성단체연합이 이를 위해 제정 추진 특별위원회를 만들었고 내가 책임간사를 맡아 1997년
12월 국회에서 통과될 때까지 '가정폭력방지법' 시안 기자간담회 및 순회교육을 다녔다.

"경찰에 그렇게 도움을 요청할 때는 집안일이라며 무시하던 사람
들이, 왜 이제 와 아이를 잡아가느냐"라며 울부짖던 어머니의 모습을
잊을 수 없다. 가정폭력 피해 생존자들에게 '가정폭력방지법'은 최소
한의 보호막이 되었다. 가정폭력이 더는 집안일이 아니라 사회문제임
을 인식시켰다.

하지만 당시 제정된 법은 가정폭력 사건에 대한 신속성이 부족했
고, 가해자에게 형사처벌보다 보호처분이 주로 내려져 보호처분 기간
중에 가해자가 피해자를 협박하는 등 문제가 많았다. 법을 시행하며

수원 여성의전화에서 열린 '가정폭력방지법' 제정 축하 나눔 자리(1998년 1월경)

개정의 필요성이 제기되었고, 여러 차례의 개정을 통해 조금씩 바뀌어 왔다. '가정폭력방지 및 피해자보호 등에 관한 법률'은 개정안이 2017년 11월 통과되어 보완되었지만, 내가 국회에 들어와 개정안을 낸 '가정폭력 범죄의 처벌 등에 관한 특례법(가정폭력처벌법)'은 발의된 지 3년이 되도록 국회 법제사법위원회에 계류 중이다.

아직 개정되지 않은 현행 '가정폭력처벌법'에서 가장 문제가 되는 것은 처벌의 핵심 내용이 변하지 않았다는 점이다. 폭력 피해자가 처음 신고했을 때 어떻게 하면 경찰이 출동하게 할까, 피해자의 동의 여부를 묻지 않고 가해자를 처벌할 수 있을까, 그리고 어떻게 하면 사건 초기에 가해자와 피해자를 분리해 피해자를 안전하게 할까 등을 법적으로 보장하는 것이 중요하다.

외국의 사례를 보면 가정폭력이 발생했을 때 피해자와 가해자를 즉시 분리시키는 것을 원칙으로 하는 경우가 많다. 가해자가 때린 것으로 의심되면 연행해 하룻밤 정도 조사하는데 우리는 그냥 집으로 돌려보낸다. 그러다 보니 폭력이 반복되거나 살인으로 이어진다. 초기부터 피해자의 안전을 도모하고, 가해자를 구금하는 등 실질적 응급조치를 취해야 한다. 그렇지 않으면 폭력은 단절되지 않는다.

"나만 참으면 될 줄 알았어요."

오랫동안 고통받다가 한국여성의전화를 찾은 피해자의 말이다.

아니다. 참아서는 안 된다. 가정폭력은 범죄행위다. 가정은 가부장적인 위계질서가 작동하는 영역이다. 폭력이 정당화되고 은밀하게 지속되기 쉽다. 가정폭력은 개인뿐 아니라 사회에 미치는 영향도 크다. 따라서 '가정폭력처벌법'은 가정폭력이 개인의 존엄과 인권을 침해하는 범죄임을 분명히 규정하고 범죄를 처벌하도록 해야 한다.

가정폭력 범죄를 개인적이고 사소한 집안 문제로 바라보는 잘못된 인식과 가정의 보호·유지가 최선의 방책이라는 맹목적인 집착은 바로잡아야 한다. "피해자가 이혼을 원치 않는다", "피해자에게 처벌의사가 없다", "가해자가 처벌받으면 피해자의 생계나 자녀의 양육에 문제가 생긴다" 등의 이유는 가정폭력 사건을 제대로 처벌하지 못하게 하는 변명이 되어왔다. 하지만 이는 범죄 피해자에 대한 신변 안전 조치, 주거와 경제적 지원, 법적 지원 등을 통해 해결해야 할 문제다. 범죄를 처벌하지 않는 근거가 될 수 없다.

2018년 여성가족위원회 국정감사장에 우산이 펼쳐졌다. 오랜 가정폭력에서 벗어나기 위해 이혼한 아내를 남편이 찾아와 흉기로 살해한 상황을 증언하는 참고인을 보호하기 위한 조치였다. 가림막 뒤에서 떨리는 목소리로 20년 넘게 자행된 가정폭력을 증언하는 어린 딸의 목소리를 국회의원 등 국감장(국정감사장)에 있던 모든 이가 눈물을 삼키며 들었다.

25년간 가정폭력에 시달리다 결국 살해당한, 너무나 가슴 아프고 고통스러운 사건이 있었다. 가해자는 이혼한 아내를 미리 준비한 흉기로 살해했다. 피해자는 25년간의 결혼 생활 중 20년간 아이들을 위해 죽음을 무릅쓰고 버텼다. 4년 전 이혼 후 시도 때도 없이 죽이겠다고 찾아온 가해자에게 경찰은 퇴거 명령과 함께 100m 이내 접근 금지, 전화 금지 등의 긴급 임시 조치를 했다. 그럼에도 가해자는 숨어 다니는 피해자 주변을 맴돌면서 동선을 파악해 살해 계획을 세웠다. 가해자를 피해 여섯 차례나 이사를 다녔지만 긴급 임시 조치를 위반하는 가해자를 신고조차 할 수 없었고, 피해자는 결국 살해되었다. 그녀가 신고할 수 없었던 이유는 경찰의 임시 긴급 조치는 처벌이 과태료 부과에 불과해 신고할 경우 가해자에게 알려져 오히려 보복의 빌

미를 주기 때문이다. 다시 말해 실효성이 없었던 것이다.

가정폭력이 드러나는 양상은 때로 우리의 상식을 넘어선다. 가정폭력 피해자 보호조치의 실효성을 높이기 위해 임시 조치 위반자에게 과태료가 아닌 징역형을 내려 가해자와 분리하는 등 강력한 조치를 취해야 한다. 이를 통해 피해자를 보호함으로써 극단적인 범죄 피해를 사전에 막아야 한다.

또 법이 있으니 문제가 모두 해결될 것으로 생각하거나, 법이 알아서 때리는 남편들을 처벌하고 폭력 피해자를 보호하리라 생각하기 쉽다. 하지만 역설적이지만 법이 있어도 가정폭력은 여전히 이루어진다. 가정폭력이 근절되지 않는 것은 사회의 무관심과 가해자에게 관대한 법 집행 관행 때문이다. 아직도 부부 사이의 일은 부부가 해결해야 한다는 관념과 적극적 개입을 불편해하는 이웃과 가족, '집안일'로 바라보는 경찰, 가정을 보호한다는 명목으로 처벌에 미온적인 검찰 등 사회의 대응은 극단적인 경우 가정폭력을 살인이라는 비극적 결말로 몰고 간다.

오랜 세월 남편의 폭력에 시달리던 여성이 남편을 숨지게 하는 사건은 끊이지 않는다. 얼마 전에도 자녀 앞에서 욕설을 하고, 흉기를 들고 난동을 부리며 아내에게 폭력을 일삼고, 죽여버린다고 협박하는 남편 때문에 시달리던 아내가 우울증을 앓다가 우발적으로 남편을 살해한 일이 있었다. 이 사건은 누가 봐도 "오죽했으면"이라는 말이 절로 나올 만큼 여성이 남편의 오랜 폭력을 '견디다 못 해' 저지른 일이다. 하지만 정당방위를 인정하는 판결은 나오지 않는다. 살해 순간 여성의 목숨을 위협할 만큼의 폭력과 그에 대한 방어가 없었기 때문이라는 것이다. '사회 통념'상 정당방위가 인정될 수 없다고 한다.

가정폭력 피해의 과정과 맥락이 고려되지 않는 사회 통념과 이러한 판결은 폭력 피해자를 '살인자'로만 바라보게 만든다. 가정폭력 피해자의 생존권과 인권이 존중될 수 있도록 가정폭력의 피해를 입었을 때 현실적인 정당방위 인정을 위한 법적 보호장치가 마련되어야 하며, 실제적인 법의 적용이 이루어져야 한다. 물론 여기에는 가정폭력의 과정과 가족구성원 간의 관계, 폭력이 미친 경제적·심리적·문화적 영향 등 가정폭력 피해와 정당방위에 대한 철저한 검토가 포함되어야 한다. 나는 이와 관련해 '가정폭력 범죄의 처벌 등에 관한 특례법 일부개정안'을 2017년 12월에 발의했으나 이 또한 법사위에 계류 중이다.

우리 사회가 급속도로 변화하면서 가족 형태도 다양해지고 있다. 가족 문화나 인권, 평등에 대한 인식도 많이 달라졌다. 하지만 아내나 아이 등 가족을 자신의 소유물로 생각하는 왜곡된 사고나 가족 이데올로기에 갇혀 생사를 오가는 아내, 아동, 노인 등 가정폭력 피해자들은 여전히 많다. 최근에는 아내에 대한 폭력뿐 아니라 아동학대나 노인학대 등이 더 빈번히 발생한다.

나는 한국여성의전화에서 가정폭력 문제에 사회가 적극적으로 대응할 필요가 있음을 지속적으로 주장했다. 인식의 개선을 위해 초·중·고교생이나 대학생들, 사법 관련자들, 나아가서는 모든 시민을 대상으로 체계적 교육을 지속적·반복적으로 해야 한다. 주위 사람들은 가정폭력을 남의 집안일, 개인의 문제로 여기지 말고 발생 즉시 신고하고, 피해자는 피해를 당하는 즉시 상담받게 해야 한다. 모든 폭력은 서로 연결되어 있다. 데이트폭력, 성폭력, 학교폭력 모두 마찬가지다. 학교폭력도 가정폭력과 관계가 깊다. 실제로 학교폭력의 가해자 혹은 피해자들이 가정폭력의 피해자인 경우가 많다. 장기적으로는 유치원부터 대학에 이르기까지 모든 공교육 체계 안에서 인권과 폭력에 관한 문제를 공부하고 이런 내용이 몸에 하나하나 쌓이고 체화되어야 우리 사회의 폭력을 없앨 수 있다.

한국여성의전화에서 가정폭력에 신음하는 여성들과 함께하다 보면 가정폭력 가해자로부터 생명의 위협을 받는 일이 비일비재하다. 욕설이 가득한 협박 전화는 물론이고, 사무실 건물 앞에서 온 동네가 떠나가게 소음을 내며 시위를 하고, 직접 찾아와 난동을 부리고 협박을 했다. 위기의 순간이 한두 번이 아니었다.

남편의 반복되는 폭력 때문에 몰래 우리 사무실을 찾아온 피해자가 있었다. 겁에 잔뜩 질린 피해자를 안쪽에 위치한 상담실로 안내해 진정시키고 있는데, 갑자기 가해자가 사무실로 난입했다. 피해자를 미행한 것이다. 직원들은 당황하지 않고 "이곳에 아무도 오지 않았다"고 단호히 말했다. 그를 상담실로 들어가지 못하게 막으며 내보냈다. 그는 돌아가지 않고 문 앞에서 계속 어슬렁거리며 아내를 찾았다. 동정을 살피며 오랜 시간 지켜본 끝에 겨우 피해 여성을 도피시킬 수 있었다. 나는 한국여성의전화에서 이런 숨 막히는 순간을 수없이 경험했다. 협박에 굴하지 않는 모습으로 강인하고 무섭게 가해자에게 대응하지만, 사실 아찔한 공포를 느낄 때도 많았다. 일을 하며 현장의 목소리를 들으며 일해야 했던 우리는 피해자나 나 자신이 위험해질 수도 있는 상황을 늘 경계해야 했다.

그렇지만 현장을 떠나야겠다는 생각은 한 번도 해본 적이 없다. 나를 지탱한 것은 '사람은 누구나 사람답게 살 권리가 있다'라는 신념이다. 돌이켜 보면 노동운동이든, 여성운동이든 현장에서 계속 목소리를 낼 수 있었던 원동력도 '사람에 대한 사랑'이다.

사람들은 신체적인 폭력만 폭력이라고 생각한다. 유엔에서는 성적·정서적·언어적 폭력을 모두 폭력으로 규정한다. 폭력은 상대방을 힘으로 압도해 자기 마음대로 하고 통제하려는 것이다. 한국여성의전화는 그 명칭대로 여성이 당한 물리적 폭력에 맞서 싸운 경우가 대체로 부각되었지만, 거기서 일한 우리는 인간에 대한 사랑을 바탕으로 모든 폭력을 거부하고, 그에 저항해 왔다.

피해 여성들에게서 "한국여성의전화를 만나 인생이 바뀌었다"는 말을 많이 들었다. 한국여성의전화가 여성에게 힘이 되는 조직이 되고 세상을 바꾸는 데 기여하길 희망하며 어려운 고비를 숱하게 넘었다.

나는 여성운동을 하기 전에는 여성이 처한 현실 사회의 구조를 정확히 바라보지 못했다. 바로 내가 그 현실 속에서 살았는데 말이다. 내가 여성이라 차별받는 것을 아주 싫어했고 성추행이 너무 많다는 것을 알고는 있었다. 버스에서 길에서 나 역시 경험하기도 했다. 하지만 왜 이러한 일이 계속 일어나는지, 나는 어떻게 대응해야 하는지는 한국여성의전화에 와서 오랜 기간 고민하고 정리하며 제대로 깨달았다. 나는 여성운동을 통해 나 자신을 찾았고, 내 존재를 인정받게 되었다. 나는 운이 좋은 편이다. 내가 하고 싶은 일을 해왔고, 그 일들은 내가 반드시 해야 할 일이었으니 말이다. 일을 하면 할수록 내가 왜 이 일을 해야 하는지 깨달았고 보람과 책임을 느낄 수 있었다.

지역운동과 **부부재산권**운동

　'가정폭력방지법'이 제정되면 엄청난 변화가 있을 줄 알았다. 물론 가정폭력에 대한 인식 변화가 있기는 있었다. 그러나 현실 속 변화의 정도는 기대한 만큼이 아니었다. 통계가 보여주는 가정폭력은 여전히 심각했다. 고민이 많았다.

　'왜 그럴까. 우리가 그렇게 애써서 만들었는데.'

　법과 제도도 중요하지만 사람들의 의식을 변화시키는 것이 시급했다. 사람들의 일상에 직접 뛰어들어 생활 속에 고착된 왜곡된 성의식을 바꾸고 법이 적용되는 방식도 개선해야겠다고 결심했다. 그래서 1999년부터 퇴임할 때까지 지속적으로 관심을 두고 추진한 것이

'가정폭력방지법' 5주년을 맞아 토론하는 모습(2003년)
'가정폭력방지법'은 1997년 제정되어 1998년 시행되었다.

지역운동이다. 2000년부터 당시 한국여성의전화가 있던 서울 동작구에서 '마을 만들기' 등 지역운동을 조직했다. 동작구 평화마을 사업은 5년 동안 계속되었다. 이렇게 만든 조직에서 상담원 교육을 하고, 참여한 교육생들과 함께 새로운 사업을 벌였다. 그러나 그 성과는 조직에 남지 않았다. 조직과 개인, 개인의 성장과 조직의 분화, 그 언저리에서 고민했지만 해결책을 찾지 못했고 어려운 과제를 남겼다.

한국여성의전화가 2009년 서울 은평구에 회관을 지어 이사하면서 은평구에서 지역운동을 본격적으로 전개했다. 기존 지역 조직에 들어가서, 상담원 교육을 하기도 하고, 또 교육받은 사람들이 모여서 새

모임을 조직했다. 지역 사람들이 여성 인권을 인식하고 실천할 수 있도록 참여 프로그램을 만들었다. 평화마을 만들기와 평화마을 축제를 기획하고 여기에서 폭력이 얼마나 문제가 되는가, 우리가 폭력에 어떻게 대처해야 하는가 같은 문제를 함께 논의했다. '가정폭력 근절을 위한 움직이는 지역사회 네트워크 만들기' 운동을 해나가고, 은평구 약사회와 함께 '가정폭력 예방 및 홍보를 위한 약 봉투'를 제작해 배포하며 이웃들이 도움받을 수 있는 방법을 구체적으로 알렸다.

지금도 그렇지만 지역은 더 보수적이다. 그래도 그 길이 우리 운동이 널리 퍼질 길이라고 생각해 활동가들을 격려하며 끌고 나아갔다.

은평구에서 지역운동과 관련된 일을 많이 하다 보니, 한국여성의전화 내부에서 "우리는 전국 조직인데 왜 운동의 범위를 '은평구'로 한정하느냐"는 비판이 나오곤 했다. 나는 전국 단위의 여성운동을 펼치더라도 지역운동은 반드시 병행되어야 한다고 굳게 믿는다. 지역운동은 우리 삶의 터전에 뿌리를 내리는 것이므로 모든 운동의 기초가 된다. 용인에서의 지역구 활동도 지역운동 경험과 무관하지 않다.

나는 지역운동을 하며 여성 폭력 근절을 위해 지역 사회에서 각 기관 간 네트워크가 실제로 작동하게 할 방안을 고민했다. 지역에 있는 경찰서, 교육청, 구청, 구의회 등 대표들이 모여서 우리 지역의 여성 폭력을 근절하기 위해 각자 무엇을 할 수 있는지 논의하고 모니터링해야 한다고 제안했다. 예를 들어 경찰은 피해당사자를 만났을 때

**경찰의 직무유기에 대한 공동 고발 기자회견(위)
과 고발장 제출 장면(아래)**
2014년 12월 3일 대검찰청 앞에서 여성폭력 범
죄에 부실 대처한 경찰을 고발하는 기자회견
을 한 뒤 고발장을 제출했다.

성폭력 피해자에게 무고죄를 적용한 문제를 규탄하는 기자회견(2014년 5월 15일)

어떻게 상담소와 연결하면서 지원할 것인지, 학교에서 피해 아동을
발견하면 어떻게 지원할 것인지, 혹은 피해자를 보호하다가 협박을
당하거나 피해를 볼 때 어떻게 지원할 것인지 등을 지역사회가 같이
고민하자는 것이다. 피해자를 지원하기 위해 필요한 것이 무엇인지
검토하고, 지역사회 단위에서 실제 협력을 가능케 하는 네트워크를
실체화하고자 한 것이다.

내가 2000년대에 주력한 두 가지 일은 이러한 지역운동과 부부 재산 공동명의 운동, 즉 여성의 재산권운동이다. 한국여성의전화에서 이혼 문제를 접하며 여자들이 빈손으로 이혼하는 사례를 너무 많이 보았다. 아내가 파출부로 일하고, 식당에서 일하고, 오만 일을 다 하면서 뼈 빠지게 일해 집을 산다. 그런데 명의는 자신의 이름이 아닌 남편 이름으로 한다. 남편이 백수건달로 놀고먹다가 아내가 "폭력 때문에 더는 못 살겠다"고 "이혼하자"고 하면 "재산은 다 나 주고 너는 나가" 이런 식으로 나온다. 황당한 것은 남편이 이렇게 나오면 아내는 빈털터리로 나갈 수밖에 없다는 점이다. 왜냐하면 우리 '민법'의 재산제도는 부부별산제로 명의자의 소유만이 인정되어, 명의자가 모든 것을 갖는다. 내가 돈 벌어 내 돈으로 샀어도 명의자가 남편이면 남편 소유가 되는 것이다.

법적 지원을 담당했던 어떤 변호사는 속이 터져서 "아니 그것을 왜 다 주느냐"라고 흥분했다. 그동안 수많은 여자의 사정을 들여다봐 왔던 나는 이 상황을 충분히 이해했다. 왜 집을 남편 이름으로 등기할 수밖에 없었는지 말이다. 이혼하면 며느리는 남이라는 관념을 바탕으로 시부모는 공동명의를 강력히 반대한다. 남편은 아내를 권위적으로 억압하며 남자 명의 등기가 당연하다고 주장한다. 이러한 사고가 촘촘히 깔려 있는 우리 사회에서 여자들이 재산권을 확보하는 일은 불가능에 가까웠다.

그래서 나는 부부 재산 공동명의 운동을 시작했다. 사회적으로 공감을 불러일으켰고 많은 사람이 이 운동에 힘을 보탰다. 이 운동은 우리가 애초에 생각했던 것보다 훨씬 규모가 커졌고 빠른 속도로 확대되었다. 이 운동을 통해 한국여성의전화에서는 '민법 개정안'을 제안했다. 부부가 결혼 후 모은 재산은 이혼 시 반반으로 나누고, 유산을 나눌 때 아내와 자식의 비율이 1.5 대 1 대 1로 되어 있는데, 결혼 후 여성이 모은 기여분을 재산의 절반까지 인정해, 아내가 재산의 50%를 먼저 선취하고(기여분) 나머지 유산을 1 대 1 대 1로 배분하자는 것이다.

세상에 한 번도 없던 일을 했기 때문에 이 일은 당시에 화제가 되었다. 이 운동을 벌이면서 재산권 공부를 많이 했다. 나중에는 연금, 세금 문제까지도 섭렵했다. "유족연금을 왜 이렇게 조금밖에 안 주느냐"라고 질문할 정도가 되었다. 그때 세금을 공부하기 위해 세금 관련 전문가를 만나면 이들은 여성 노동 중 가사 노동을 다 무가치한 것으로 취급했다. 우리는 여기에 주목하고 문제를 제기했다. 부부 재산 공동명의 운동은 여성의 '보이지 않던 노동'을 보이게 했다는 데 의미가 있다.

예전에는 가사 노동만 하는 여성의 비율이 매우 높았다. 평생 가사 노동을 하고 살았는데 사회적·제도적으로는 온전히 노동을 하지 않는 사람으로 분류되었다.

"직업이 무엇입니까?"

"저는 집에서 놀아요."

이 운동을 통해 가사 노동의 가치가 새롭게 평가되었다. 나는 이와 같은 여성 노동이 사회경제적으로 매우 의미가 있다고 생각하는데, 당시에는 이를 사회구조 변화를 위한 운동과 연결해 생각하는 사람이 없었다. 재산권운동, 지역운동은 그런 점에서 중요했다.

여성운동을 하면서 난 처음에는 법과 제도에 집중했고, 다음으로는 생활 속의 시민운동으로서 지역운동과 재산권운동을 동시에 진행했다. 그 모든 운동의 맨 앞에는 폭력 피해 여성들이 있다. 나는 상담부 간사로서 매일 6시간씩 그들의 이야기를 들었고, 그들에게서 많은 것을 배웠다. 표현이 적합한지 모르겠지만 그것이 나의 재산이고 운동의 원천이었다.

나는 매일 상담도 해야 하고, 행사도 해야 했다. 찾아오는 사람도 많았고, 연구할 것도 많았다. 한국여성의전화는 자유롭게 원하는 일을 맘껏 할 수 있도록 밤새 불을 켜주는 조직이다. 한국여성의전화에서는 내가 관심 갖고 있는 일들을 집중적으로 할 수 있었다. 누가 일하라고 해서, 또는 누구한테 허락을 받고 새로운 일을 하는 것이 아니었다. 내가 하고 싶은 일을 신나게 해나갔다. 게다가 여성과 관련된 법과 제도, 정책을 만들기 위해서는 현장 경험 못지않게 전문성도 중요했다. 일을 하면서 계속 공부를 해 사회복지학 박사 학위를 받았다.

엄청나게 많은 일을 했기 때문에 나에게는 늘 시간이 부족했다. 잠을 줄였다. 매일 밤 10시나 11시에 퇴근했다. 나는 일하는 것이 정말 좋았다. 어떻게 보면 워커홀릭이었다.

2000년 이후에는 운동권 내에서도 디지털화가 진행되었고 정보화가 화두로 등장했다. 이런 것에도 워낙 관심이 많았기 때문에 한국여성의전화에서 상담 데이터베이스(DB)도 만들었다. 방대한 작업이었다.

나는 데이터를 아주 중시한다. 지금도 빅데이터에 관심이 많다. 예를 들면 "최근 가정폭력 가해자의 재범률이 증가하고 있는 것으로 나타났다"라는 말을 들으면 이에 대해 구체적인 정책 방향이 떠오르지 않는다. 그러나 "작년 한 해 가정폭력으로 검거된 인원은 3만 8489건이었고, 재범률은 2015년 4.9%에서 2017년 6.1%, 2018년 7월 기준 8.7%로 1.8배 증가했다"라는 데이터가 제시되면 재범률이 매년 1% 이상 증가하고 있고, 앞으로도 증가하는 추세를 나타낼 것이라고 예측할 수 있다. 이는 재범 방지를 위한 제도적 대안을 찾는 데 근거로 삼을 수 있다.

여성과 관련하여 제도를 개선하기 위해 객관적 근거를 제시하고 개선 효과를 평가할 수 있도록 데이터를 축적하고 분석하는 일이 중요했다. 나는 한국여성의전화 상담 DB를 구축해 가정폭력 관련 데이터를 축적하고 이를 분석해 필요한 정책을 만들 수 있도록 했다. 해마다 통계를 발표해 가정폭력 발생 현황을 파악할 수 있도록 했다. 그리

가정폭력 피해 여성의 자립 지원 시설인 '쉼터'의 20주년 기념 국제심포지엄(2007년)

고 한국여성의전화 활동을 통한 여성운동 관련 자료를 수집하고 축적하는 일을 동시에 진행했다.

나는 운동을 하면서 새로운 분야를 개척하는 데 두려움이 없었다. 조직의 리더가 어떤 것에 관심을 기울이느냐에 따라 활동 내용이 많이 달라진다. 우리 같은 NGO는 인적·물적 자원이 한정되어 있기 때문에 리더의 선택에 따라 집중하는 것이 달라진다. 예를 들면 프로젝트 제안서를 제출할 때 어떤 프로젝트를 할까 정할 때도 리더가 지역운동에 대한 주제를 강조하면 활동가들은 그것을 우선 고려한다. 활동가들은 이러한 나의 도전정신을 힘들어하기도 했다. 일이 많을뿐더러 전혀 모르는 영역을 다루어야 하기 때문이다. 그나마 지역운동은 좀 아는데 재산권운동은 선례가 없는 일이었다. 그런데도 조직의 대표인 나는 덤벼들었다.

외국과 우리나라가 다른 것이 우리나라는 여자들이 대부분 은행 계좌를 개설할 줄 알고 문맹률도 낮다. 외국의 쉼터에 가보면 은행 계좌를 개설하는 방법부터 가르친다. 우리는 그들과 상황이 다른 것이다. 그래서 우리에게 맞는 형태의 운동을 찾아야 했다. 재산권운동은, 나중에는 거의 정리를 했지만, 우리가 하다 보니 '여성의 경제세력화' 문제, 그다음에 여성 노동문제에 접근하고 연금, 세금 등의 영역으로 확장하는 등 여성운동의 새로운 장을 계속 만나게 되었다. 그때 이것을 계속 추적했으면 운동의 다른 계기가 생겼을 텐데 그렇게 하지는 못했다. 한계가 있었다. 왜냐하면 상담도 해야 하고, 피해자에게 법적 지원도 해야 하고, 지역운동도 해야 하는데, 수시로 가정폭력과 관련된 사건·사고는 터지고, 너무 많은 일을 해야 해서 그 일을 끝까지 못한 것이 안타깝다. 하지만 사회적 관심을 환기했던 점은 자랑스럽게 생각한다.

법무부는 2006년부터 시행될 '민법 개정안'을 입법예고 했지만, 그때 아내 기여분 50% 등 부부 공동명의 운동은 결국 반대 여론에 부딪혀 개정에 이르지 못했다. 그래서 내가 국회의원이 된 후 다시 개정안을 발의했다. 개정안은 아직도 법사위에 계류 중이다. 그 당시 운동이 너무 거셌고 일반인들에게도 알려졌기 때문에 사람들은 법으로 제도화되었다고 알고 있지만, 법은 아직도 통과되지 않았다. 꼼짝달싹 못하고 법사위에 머물고 있는 '민법 개정안'을 생각하면 혈압이 오르고 화가 머리끝까지 치민다.

다행인 것은 사람들이 이 운동에 관심을 많이 보이고 공감해 주었다는 것이다. 여성들의 반응이 크게 나타나리라 생각했고 실제로 그랬다. 그뿐만 아니라 예상과는 달리 할아버지들이 크게 호응해 주었다. 그 당시 이 주제로 CBS 생방송 토론에 나갔는데, 방송 전에 프로그램 담당자가 걱정을 많이 했다. 혹시 '문의 전화가 한 통도 안 올까봐', 그리고 '60, 70대 할아버지들이 단체로 찾아와 항의할까 봐' 크게 염려했다.

그러나 전화가 꼬리에 꼬리를 이었고, 70대 할아버지가 전화해서 "이 법 꼭 만들어야 한다. 나 죽으면 할머니(아내)가 자녀들에게 재산을 모두 다 빼앗기지 않도록" 하고 당부했다. 아내가 유산의 50% 선취하는 데 다수가 찬성했다. 첫 번째는 기여분에 대해 대체로 긍정적이었다. 아내가 없었으면 이 정도 재산을 못 모았으니 아내가 받을 만하다는 것이다. 두 번째는 자신의 사후 아내의 생활에 대한 걱정이다. 지금의 법으로는 자식들이 재산을 다 빼앗어가니, 아내가 혼자서도 살 수 있도록 일단 기여분 50% 주고 나머지 재산을 자식들과 1 대 1 대 1로

여성 정치세력화 운동을 하며

2010년 6·2 지방선거 당시 한국여성의전화 차원에서 여성 정치세력화 운동을 벌였다.

여성인권영화제에서 한국여성의전화 송란희 사무처장과 함께

제8회 여성인권영화제에서 스태프들과 함께(2014년)
한국여성의전화가 2006년부터 매년 개최하고 있는 여성인권영화제를 마치고 고생한 100여
명의 스태프들과 기념사진을 찍었다.

나누는 데 찬성한다는 것이다. 전화가 계속 왔다. 방송국에서는 예기

치 못한 반응에 신이 났다. 보통 사람들 생각은 항상 상식에 기초했다.

그때 사회운동을 하는 사람들은 주로 정치를 통해 운동의 내용을 풀어

냈다. 우린 정치가 아닌 사회적 필요가 있는 문제를 제기하고 풀어나

가는 데 집중했다.

이 시기의 재산권운동과 지역운동은 여성운동의 새로운 지표였다. 특히 재산권운동은 운동 전반에 새로운 길을 열었다. 그 이전에는 관심 없던 영역을 찾아낸 것이다. 그래서 시민운동이 중요하다. 민주화운동을, 386을 이야기할 때 주로 정치운동을 한 사람들만 손꼽지 시민운동가들은 그 대열에 오르지 못하는 경우가 많다. 이름도 없이, 빛도 없이 시민운동과 여성운동 했던 사람들을 주목하지 않는다. 우리는 일상 속에서 시민의 더 나은 삶의 질을 위해 고군분투한 운동가들을 기억해야 한다.

한국여성의전화 대표가 된 후에는 여성운동의 새로운 비전을 세우고, 운동의 다양한 방법론을 도입하고자 했다. 10대부터 노년까지 생애 주기 동안 언제 어디서나 만날 수 있는 한국여성의전화가 될 수 있도록 스펙트럼을 확장하는 것, 가정폭력, 성폭력, 친족 성폭력 등 여성 폭력 문제를 좀 더 깊고 넓게 조명하는 것, 결혼이주여성, 북한이탈 여성, 여성 노인 등 다양한 여성의 폭력 피해 문제를 좀 더 드러내고 직접 도움을 받을 수 있게 하는 것, 또한 인권영화제 등 일상생활을 지배하는 미디어와 정치 분야에 다양하게 접근하고 이 모든 일을 통해 여성운동의 폭을 넓히려 노력했다.

나는 늘 활동가들에게 '새로운 것', 즉 새로운 이슈, 새로운 방법을 강조했다. 돌이켜 보면 함께 일했던 이들이 힘들었을 것이다. 그때 내

좌우명이 '일신우일신(日新又日新)'이었다.

여성운동은 내가 '소수자'의 목소리를 민감하게 들을 수 있게 했다. 장애인, 이주여성, 한부모가정 등 소수자의 관점으로 세상을 바라보게 했다. 한국여성의전화는 나를 끊임없이 성장케 한 학교였고 치열한 싸움터였다. 이곳에서 정신적인 근육이 단련되었다. 나는 내가 있는 곳이 어느 곳이든 간에 폭력에 저항하면서, 불평등한 사회구조를 변화시키기 위해 계속 노력할 준비가 되어 있었다.

내 남편 **최 선생**, 나는 '**말하는 며느리**'

　나의 남편은 교사다. 경기도에 있는 공업고등학교에서 학생들을 가르친다. 나를 아는 여성들은 남편을 참 좋아한다. 겉보기에는 산적 같고 거칠어 보이는데, 알고 보면 섬세하고 따뜻하기 때문이란다. 그는 인정 많은 사람이다. 게다가 책임감 있고, 말과 행동, 앞뒤가 똑같아 믿을 수 있는 사람이다.

　한국여성의전화 회원 중 한 사람이 남편의 대학 후배였다. 상담원 교육생이었는데, 교육을 담당한 상담부 간사인 나를 유난히 따르고 좋아했다. 내가 한국여성의전화에서 정열적으로 일하며, 끝없이 일을 벌일 때다. 법 제정 운동을 하고, DB를 만들고, 사람들을 만나고, 교육하고……. 물론 상담은 기본으로 하는 일이고, 계속 터지는 가정폭력 사건과 관련된 일까지 하다 보니 하루 24시간이 모자랐다. 바빴지만 조직 활동을 하며 만났던 많은 사람과 영향을 주고받았다. 함께 일하고 말하며, 서로 힘을 얻어 새로운 에너지를 충전하곤 했다.

어느 날 그 회원이 말했다.

"간사님, 우리 선배님 한번 만나볼래요? 두 분이 정말 잘 어울릴 것 같아요."

"난 남자 필요 없어. 나는 결혼 안 해."

"그래도 만나나 봐요, 연애만 하면 되지."

난 서른둘, 그 당시 기준으로는 결혼하기에 좀 늦은 나이였다. 결혼 생각이 딱히 없었다. 일하는 것이 정말 좋았기 때문이다. 그래도 '성실한 사람이 권하니 한번 만나보기나 하자' 하고 소개팅을 수락했다.

소개팅 당일, 그날은 기분이 몹시 좋지 않았다. 한국여성의전화에서는 일 년에 두 번 바자회를 한다. 바자회를 준비하느라 지방에 물건을 실으러 갔다가, 물건을 옮기고 확인하며 부산스럽게 움직이던 중에 나의 전 재산인 금팔찌를 잃어버린 것이다. 엄마가 집을 나와 독립해 살던 나에게 선물하신 다섯 돈짜리 금팔찌. 딸을 생각하는 엄마의 마음이 고맙고 귀해 항상 끼고 다니던 팔찌다. 내가 좀 더 주의를 기울였어야 하는데 '엄마의 마음'을 제대로 간수하지 못한 것 같아 마음이 상했다. 하지만 '이미 잃어버렸으니 어쩔 수 없다. 잊어버리자' 이러면서 소개팅을 하러 간 것이다. 나중에 남편은 "날 만나느라 잃어버렸으니 다시 사준다"며 결혼 예물로 금팔찌를 해주었다. 어찌 되었든 그날은 그런 날이었다. 하지만 한편으로 나에게는 그날이 '운수 좋은 날'인 셈이다. 팔찌는 잃었지만 평생의 짝을 얻은 날이니 말이다.

소개팅에서 만난 남자는 대구직업전문학교에서 아이들을 가르치는 선생님이었다. 노동운동을 하다가 학생들을 가르치게 되었다는 그는 대학 때 학생운동을 하다가 농민운동에 나서기로 결심했단다. 집을 떠나려던 날 그의 엄마가 결사반대하다가 쓰러지셔서 결국 농촌으로 가지 못했다. 나는 우리 엄마가 그렇게 되는 것을 보기 괴로워 공장에 갈 때 야반도주를 했던지라 그 상황에 충분히 공감했다.

그는 농민운동을 접고 노동운동을 하려고 쌍용자동차에 들어갔다가 곡절 끝에 고등학교 과정의 직업학교에서 자동차 정비를 가르치기 시작했다. 1990년대는 우리나라 자동차 업계가 내수시장을 본격적으로 확장되던 때라 자동차 정비에 대한 수요가 폭발적으로 증가했다. 하지만 이를 가르칠 전문 인력이 매우 부족했다. 그 남자는 법학을 전공했지만 현장에서 자동차에 관한 기술과 지식을 착실히 쌓았고, 또 남을 가르치는 일을 누구보다도 잘했기 때문에 전문 기술 교사로서는 적격자였다. 그는 곧 경기도의 공고로 자리를 옮겼다. 그리고 전국교직원노동조합 운동을 했다. 학생운동에서 출발했지만 노동운동을 경유해 교육 현장으로 간 것이다.

연애 시절 남편과 함께 에버랜드에서

석사학위식에서 가족과 함께
1998년 중앙대학교 사회개발대
학원 사회복지학 석사를 받았다.

주왕산에서 가족과 함께
남편이 육아에 더 적극적이었고, 아들은 나보다 남편을
잘 따른다.

그를 처음 만난 날 저녁, 비가 억수같이 쏟아졌다. 늦도록 같이 술을 마셨다. 비가 와서 더 이야기가 술술 풀렸는지 모르겠다. 그 후에는 만나서 등산을 다녔다. 둘 다 산으로 들로 움직이는 것을 좋아했고, 관심사가 같아 자연스럽게 만남을 이어갔다.

그는 나와 동갑인 1964년생이었지만, 나보다 두 학번 낮았다. 나는 빠른 1월생으로 82학번이었고, 그는 9월생으로 재수를 해 84학번이었다. 요즘이야 연하도 흔하지만 그 당시 연인들은 남자가 서너 살 많은 경우가 태반이라 동갑이라도 학번이 낮으니 그가 어리게 느껴져 신경이 좀 쓰였다. 그래서 만나며 서로 지킬 규칙을 정했다.

"반말 쓰지 말자. 각자 자기 먹을 것은 자기가 벌자."

그때는 운동권 출신 남자 중 생활력이 없는 사람이 많았다. 운동을 한다는 명분으로 자기 생활비를 벌어 쓰지 않는 남자들. 나는 결코 그런 사람을 원하지 않았다. 무슨 일을 해도 기본 의식주는 스스로 해결하며 살아야 한다는 주의였다. 대학 졸업 후 나는 집에 손을 벌려 본 적이 없다. 그건 이 사람도 마찬가지였다. 우리는 둘 다 대학 졸업 후 집에서 독립한 상태였다. 딱 보니 이 사람은 자기 먹을 것은 벌어가며 살 수 있을 것 같았다.

우린 1년 정도 만났다. 그 과정에서 숱하게 다투었다. 한번은 그가 존댓말을 하기로 한 우리의 약속을 지키지 않고, 전철역에서 크게 내 이름을 부르며 계속 반말을 했다. 나는 경고하는 의미에서 한 달

동안 만나주지 않았다. 결국 그가 나에게 진지하게 사과해 다시 만날 수 있었다. 남편은 자기가 "싹싹 빌었다"고 했다. 지금 생각하면 좀 우습지만 그때는 '정한 바를 준수하는 것'이 사귀는 사람에 대한 기본 예의이자 의무라 생각했다.

사실 그 남자를 결혼 상대로 인정한 계기는 따로 있다. 그때 내가 음으로 양으로 돕던 가정폭력 피해 아이들이 있었다. 사춘기 남매였다. 유복한 환경인데도 아버지의 폭력이 너무 심해 큰딸이 정신병원에 입원할 정도였다. 그 딸이 입원한 병원의 사회복지사가 한국여성의전화에 대해 전해 듣고 나에게 연락해 이 남매를 만난 것이다. 나는 아이들을 아버지가 있는 집으로 돌려보낼 수 없어 청소년쉼터로 연결해 주었다. 그런데 그 청소년쉼터는 가정폭력에 대해 너무나 무지했다. 일탈 청소년 사례를 동일하게 적용해 보호자랍시고 그 아버지를 부른 것이다. 남매는 아버지를 피해 그곳을 나와 둘이서 살았다.

그 아이들은 여러 사람의 도움으로 잘 성장했고, 공부도 잘해 좋은 대학에 장학금을 받고 진학했다. 나는 그 아이들에게 쌀이나 김치도 가져다주고, 아이들과 자주 만나 밥도 함께 먹었다. 그 과정에서 같이 갔던 남편이 아이들에게 진심으로 사랑을 나누어주고, 온 마음을 다해 살펴봐 주는 것을 본 것이다.

'저 정도면 괜찮은 것 같아.'

1996년 결혼했다. 시아버님은 고성, 시어머님은 통영 출신의 경상도 분들로 매우 보수적이다. 그 환경에서 성장한 남편도 마찬가지로 보수적이다. 시어머니는 서른셋인 내 나이가 너무 많다고 결혼에 반대했다고 한다. 남편은 내게 그 말을 전하지 않았다. 남편은 "이 여자와 결혼을 못 하면 앞으로 결혼은 절대 안 할 것이다"라고 하루 동안 단식하며 시부모님께 시위해 겨우 허락을 받았다고 한다. 나는 전혀 모르는 일이었다.

결혼 직전, 남편은 스스로 결혼 생활 원칙을 문서로 작성해 가져왔다. 결혼은 굳이 안 해도 된다고 생각하는 나와 결혼할 목적에서였다.

모두 10개 항이었는데, 다 기억나지는 않지만 시댁과 친정 양가를 똑같이 대우한다, 싸울 때는 반말을 하지 않는다, '너'라든지 '야'라는 호칭은 쓰지 않는다, 싸워도 각방은 쓰지 않는다, 경제적으로 각자 벌어 각자 쓴다, 가사는 분담한다(남편은 청소·빨래·밥, 아내는 반찬) 등등의 내용이 포함되었던 것으로 기억한다.

민주적으로 잘 실천하며 살았을 것 같지만 실상은 달랐다. 결혼할 당시 나는 한국여성의전화를 다니며 중앙대학교 사회개발대학원 사회복지학과에 다니고 있었다. 정말로 바빴다. 바쁘다 보니 자잘한 문제로 계속 부딪쳤다. 1년 후에 아이도 태어났다. 아이 양육은 가까이 사셨던 친정 엄마에게 전적으로 도움을 받았지만 그렇다 해도 가사 분담을 원칙대로 하려니 쉽지 않았다. 또 남편은 보수적이기 때문에 일주일에 한 번은 시댁에 가서 자야 한다는, 지금은 말이 안 되지만 그 당시에는 흔했던 요구를 했다.

"같은 서울인데 왜 집 두고 거기서 자?"

나는 6개월간 맹렬히 싸워 잠은 집에서 자는 것으로 정리했다. 결혼하고 첫 1년 동안 우린 엄청나게 싸웠다. 싸움은 1년이 지나고 나서야 좀 잦아들었다. 일종의 조정 과정이 필요했던 셈이다.

남편은 내가 한국여성의전화에서 일하는 것을 결혼할 때부터 이해하고 받아들였다. '여성운동'에 대한 동의보다는 '이 사람은 이 운동을 해야 한다, 이 사람은 자기 삶을 살아야 한다'라는, 사람에 대한 수용에 가까웠다. 결혼하고 싸우면서 상대방의 기본 가치관과 생활방식, 습관, 삶의 철학 등에 대한 이해가 깊어지고 그에 따른 배려도 커졌다. 같이 살다 보니 남편도 어느 순간 나와 같은 생각을 하고 있다는 것을 종종 발견했다. 어느 날 보니 남편이 시어머니와 전화하면서 평소 내가 하던 말을 그대로 하고 있었다. 슬쩍 웃음이 나왔다.

나는 시어머니에게 예의를 다하고 내가 해야 할 바에 대해 최선을 다했다. 하지만 시어머니의 합리적이지 않은 말에는 "그건 아닌 것 같아요"라고 답했다. 나는 '말하는 며느리'였다. 어떤 문제나 갈등이 있을 때 반론을 제기하고 해결책을 찾자고 나서는 며느리는 그때는 흔치 않았다. 그 대신 나는 어머니가 요청하신 사항이나 어머니께 내가 말했던 것들은 스스로 지키려 애썼다. 어머니도 내가 '지킬 건 지키고,

할 말은 하는' 며느리라는 것을 인정하고, 며느리가 하는 말에 신경을 쓰셨다. 시어머니와의 관계에서 남편이 때때로 병풍이 되어주었다.

결혼할 무렵 시동생이 먼저 결혼해 이미 동서가 있었다. 나는 나 스스로 지킬 시댁 내부 여자들에 대한 행동 규범을 정했다. 그것은 '첫째, 동서와 갈등하지 않는다. 둘째, 시어머니와 동서의 생일은 꼭 챙긴다'로 간단했다.

나의 가장 친한 천사표 친구가 있었다. 그 친구가 의외로 동서와 갈등이 많다는 것이다. 이유를 물어보고 깜짝 놀랐다. 부엌에서 '누가 칼을 잡나' 하는 주도권 문제였다. 가부장적인 남성 집에서 낯선 두 여자가 만나 그렇게 부딪친다는 것이 안타까웠다. 난 "여성의 적은 여성이다"라는 말을 가장 싫어한다. 여성의 역사를 이해하지 못하기 때문에 이런 말을 한다고 본다. 여성이 서로를 인정하고 존경할 때, 한 가문에서 여성이 동지적 유대 속에 건강하게 살아갈 수 있다. 나는 나만의 행동 원칙으로 동서와 어머니를 이해하며 대체로 원만한 관계를 이어나갔다.

그렇지만 시댁과의 관계가 항상 평화로운 것만은 아니었다. 나는 평상시엔 모두를 잘 대했지만, 상대가 적정선을 지키지 않으면 단호한 태도로 그에 걸맞게 대응했다.

2015년 박사 학위논문을 마무리하던 중이었다. 논문 제출을 앞두고 사흘 밤을 새웠는데도 마무리를 못해 계속 씨름하고 있었다. 시댁에 제사가 있어 가야 했다. 남편이 보기에도 내가 도저히 갈 수 없어 보였는지, 제사라면 목숨을 거는 남편이 자기 혼자 가겠으니 논문을 마무리하라고 먼저 말했다.

남편이 도착해 내 사정을 설명했다. 그리고 나도 시어머니께 인사 차 전화를 드렸다. 갈 수 없는 상황을 간곡히 설명했지만 시어머니는 언성을 높였다.

"당장 와라. 인간의 도리를 다해야지. 조상을 모시는 제사보다 중한 것이 어디 있다고⋯⋯."

나는 평소에 예의를 중시했기 때문에 제사와 생일을 아주 잘 챙겼고, 아무리 육체적으로 힘들어도 책임을 피한 적이 없었다. 하지만 이 날은 나로서도 어쩔 수 없었다. 내 행동이 옳지 않다고 결코 생각할 수 없었다.

시어머니의 말씀에 그동안 내가 해왔던 것을 모두 부정당했다는 생각이 들어 정말 많이 울었다.

나는 돌아온 남편에게 "나는 그동안 최선을 다해 시댁 일을 해왔고 인간의 도리를 못 한 게 없는데, 이렇게 말씀하시니 다시는 시댁에 가지 않겠다"고 단정적으로 말했다.

남편은 내가 '한다면 하는' 사람인 줄 알기에 전전긍긍했다. 그러고 나서 설이 되었다. 나는 이미 말했던 대로 "나는 안 간다" 하고 시댁에 가지 않았다. 예상대로 시댁에서는 난리가 났다. 동서의 읍소가 이어졌다. 후에 매듭을 풀고 갈등을 종결했지만, 관습이나 남녀의 역할과 같은 문제를 놓고 시댁에서 일어난 많은 일은 싸움과 극복의 연속이었다.

제사만 해도 그랬다. 경상도의 보수적 가문인 시댁도 일 년에 수차례 제사를 지내는데 예전 우리 할머니 댁과 같이 여자가 같이 절할 수 없도록 정해진 제사들이 있었다. 결혼하고 이것을 본 나는 남편에게 "여자도 같이 참여할 수 있어야 한다. 바꾸려면 당장은 힘들 테니 향후 10년 내에 해결하라"라고 엄포를 놓았다. 남편은 시아버님께 말을 했지만 "집안의 전통이 있는데……" 하며 말을 흐리셨다. 몇 년이 흘렀지만 내내 같은 상황이 반복되었다.

8년이 지나서였다. 제사를 시댁 남자들만 지내자 초등학교 2학년이던 조카가 동서에게 "왜 엄마는 같이 절을 안 해?"라고 질문했다. 다들 머뭇거리며 명쾌하게 답을 하지 않았다.

나는 그날 집으로 돌아오는 차 안에서 남편을 심하게 몰아붙였다.

"조카에게 왜 여자가 제사를 못 지낸다고 말할까? 차별받아 못 지낸다고 할까? 제사 준비는 어머니, 동서와 내가 하는데 여자들이 같이 절을 못 하는 것은 말이 안 돼."

하지만 제사와 같은 관습을 바꾸는 것은 쉬운 일이 아니었다.

그 뒤 있었던 시댁 가족 모임에 일 때문에 참석하지 못했다. 시댁 식구들은 우리 아들에게 "엄마는 왜 안 왔니?"라고 의례적인 인사말을 건넸다. 차 안에서 내 말을 들었던 초등학교 1학년 아들이 답했다.

"엄마는 이제 안 온대요. 노예처럼 살기 싫대요. 그래서 안 온대요."

남편은 집에 돌아와서 아들이 이렇게 답했다고 전하며 "창피해 죽겠다"고 했다. 나는 그 말을 듣고 반박했다.

"아니 당신은 그렇게 아들이 어려운 말을 꺼내주었는데, 거기서 바로 왜 오기 싫은지 이만저만해서 그렇다는 것을 설명해야지 창피하다고 하는 것이 도대체 말이 돼요?" 남편은 아차 싶은 얼굴로 머쓱해했다.

며칠 후 시어머니가 전화해 "○○이(아들)가 그런 말을 하더라, 말조심해야겠더라"라고 하셨다. 나는 어머니께 솔직하게 이야기했다.

"어머니 저는 사실 제사 때 너무 가기 싫어요. 여자라고, 며느리라고 차별하는데 기분이 좋지 않아요. 어머니와 저와 동서가 일은 제일 많이 하는데 제사도 못 지내게 하잖아요. 어머니나 저나 동서는 참여하지도 못하니 이것이 차별당하는 것 아니겠어요?"

"네 말이 맞기는 맞다만 아버님이 말씀을 들으실지 ……."

시부모님 두 분이 말씀을 나누신 모양이었다. 시어머니께서 동서네와 우리를 모이라 하셨다.

"나는 제사 안 지내니 좋더구먼. 큰며느리가 문제 제기를 하니 이제부터 여자들도 같이 제사를 지내겠다. 그러니 옷을 잘 갖추어 입고 와라"라고 하셨다. 생각해 보니 동서의 의견을 묻지 않았다. 그 자리에서 동서에게 의향을 물었더니 동서도 제사에 참여하는 데 동의했다. 만 8년 만에 변화가 일어난 것이다.

관습적으로 행해지는 일상의 일들을 바꾸기는 아주 힘들다. 특히 며느리로서 시댁 어른들께 직언하는 것은 쉽지 않다. 하지만 말하기 어려워서, 또는 시끄러워지는 것이 싫어서 눈치만 보면 아무것도 달라지지 않는다. 아주 작은 변화라도 이루려면 용기와 실천이 필요하다. 사회의 변화보다 더딘 게 가족 안의 변화다. 말하기가 너무 어렵고 때론 실체가 헷갈리기 때문이다.

우리 가족은 이제 명절 때 남자들도 음식을 같이 준비한다. 함께 준비하니 일이 훨씬 쉽다. 동서네나 우리나 아들밖에 없기 때문에 남녀를 구분할 수도 없지만, 남자아이들도 당연히 준비하는 데 동참한다. 예전부터 그랬던 것은 아니다. 결혼하고 처음 맞은 명절 때 남편이 설거지를 했더니 시어머니와 시동생이 깜짝 놀랐다. 그 전에는 하지 않던 일이기 때문이다. 남편이 먼저 하니 시동생도 "형수가 무서운가 보지?" 하며 남편을 따라 설거지를 했다. 이렇게 우리는 조금씩 문화를 바꾸었다. "누울 자리를 보고 다리를 뻗는다"라는 옛말이 있다. 시댁은 보수적이지만 그 나름으로 합리적이어서 나의 다리 뻗기가 가능하지 않았나 싶다.

남편과 나, 아들이 사는 우리 집에서는 같이 있을 때는 함께 상을 차리고, 누가 해주기 전에 알아서 밥을 푼다. 각자 알아서 할 일을 하는 분위기다. 모두가 독립적으로 자신의 일을 하는 것이 몸에 배었다.

남편은 언제나 늦게까지 일하는 나를 수시로 데리러 오고 한국여성의전화 행사 때마다 와서 많은 도움을 주었다. 나를 응원하는 이유도 있지만 이제는 내가 하는 운동과 운동을 통해 우리 사회에 헌신하는 것을 지지하기 때문일 게다.

이런 남편은 우리 엄마나 친정 식구들에게도 든든한 존재다. 우리 아이를 엄마가 길러주셨기 때문에 나뿐 아니라 남편도 엄마에게 특별히 더 고마워하는 부분도 있다. 하지만 남편이 누구에게나 드러나지 않게 베푸는 성품을 가진 사람이라 엄마가 신뢰하고 의지하는 듯하다. 사위 셋 중 남편은 교사고, 두 제부는 교수다. 엄마는 "교수보다 교사가 낫다"라고 은근히 맏사위를 인정한다. 엄마는 가까이 살며 우리를 늘 지켜봐 주었다. 그런 엄마를 남편도 한결같은 마음으로 챙긴다. 결혼하기 전까지 우리와 같이 살면서 직장을 다니던 막냇동생은 엄마와 함께 우리 아들을 살뜰히 돌보아 주었다. 남편은 막냇동생이 결혼할 때 "우리가 잘해야 한다"며 나보다 더 각별히 신경 쓰기도 했다.

남편은 교사로서 전국교직원노동조합(전교조) 부위원장, 사립위원장 등 교육개혁 운동에 매진했다. 또 2000년대 중반부터 아이들의 먹거리 문제에 꾸준히 관심을 기울여 경기도 친환경 무상급식 운동에 중점을 두고 활동했다. 남편은 학생들에게 꽤 인기 있는 선생님이다. 담배 피우는 아이들에게는 끊으라고 말하는 대신 "운동장을 같이 뛰자"고 권유하고, 담배를 끊으면 짜장면을 사주는 식이었다. 주말에는 아이들에게 같이 등산을 가자고 하니 "공부에 방해된다"며 학부모들은 좋아하지 않았지만, 따르는 아이들이 많았다.

전교조 집행부에서 활동할 때는 전교조 전임이라 담임을 맡지 않아 남편이 나보다는 조금 더 짬을 낼 수 있었다. 아들이 초등학교에 입학한 후 청소나 행사로 학교에서 엄마를 오라 할 때마다 항상 남편이 갔다. 남편은 학부모 중 청일점으로 참석했다. 같이 갔던 엄마들에게 인기가 만점이었는데, 청소할 때 대걸레 두 개를 나란히 밀고 다니며 눈부신 활약을 했기 때문이다. 나중에 학교행사에 가보면, 나보다 더 편안하고 반갑게 엄마들과 인사할 정도였다.

남편은 자기 분야인 교육 현장에서 좋은 세상을 만들기 위한 운동을 했고, 우리는 그 점에서는 서로를 존경하며 살아왔다. 남편은 내 인생의 중요 시점마다 친구이자 의논 상대, 동지 역할을 해왔다. 그러면서 위로하고 힘을 주었다. 우리는 부딪치기도 했지만 서로에게 맞추어가려 노력하며 살아왔고, 지금도 그렇게 살고 있다. 우린 아직도 '싸울 때는 반말하지 않는다'(평소에는 편하게 말한다. 그러나 싸울 때는 반드시 존댓말을 한다), '야, 너라 부르지 않는다'는 삶의 원칙을 변함없이 지키고 있다.

아들을 키우며 **겸손**해지다

엄마는 언제나 나의 사회생활을 지지해 주었고 끝없이 도와주었다. 특히 바빴던 나를 대신해 아들을 키워주다시피 한 것도 친정 엄마였다. 외할머니가 된 엄마는 아들이 아기일 때부터 '잘 먹는 것'을 최고로 여겼다. 아이는 할머니와 이모들, 그리고 바빴지만 각자 나름대로 최선을 다한 남편과 나의 돌봄 속에서 잘 자라주었다. 하지만 아들은 고집도 세고, 커가며 좀처럼 자기감정을 표현하지 않았다. 그러면서도 나를 닮아서인지 원칙을 지키고 잘못된 것에 저항하며 '할 말을 하고 사는 사람'으로 성장했다. 그러니 1997년생 우리 아들도 사는 게 평탄치는 않았다.

아들의 어린 시절 모습

어려서부터 특별히 인권 개념을 교육하지 않았지만, 집안 분위기 상 '사람이 먼저'라는 사고를 아이는 자연스레 습득했다. 우리는 어려서부터 아이의 의견을 존중했고, 아이가 평등하고 자유롭게 자라야 한다고 생각했다. 그래서 아이의 행동에 즉각적으로 반응하지 않고, 현상에 대해 설명하고 아이가 원하는 것을 하되 책임지도록 했다. 그리고 언제든지 자기 의사를 자유롭게 말할 수 있게 했다.

문제는 아이가 학교에 들어가서 조직 생활을 하며 자신의 원칙을 벗어나는 상황이 생겼을 때 발생했다. 하다못해 우는 일조차도 집에서는 마음대로였지만, 그곳에서는 규칙에 따라 통제되었다. 아들에게 왜 울면 안 되는지 설명해 주었지만, 아이가 받아들이기 어려운 설명과 상황들이었다.

"왜 울지 못하게 해? 울어도 된다며?"

아이의 생각과 학교교육 사이에 괴리가 생겼다.

아들은 초등학교에 입학할 무렵, 여자아이들이 주로 선택하는 빨간색 신발주머니를 골랐다. 난 혹시라도 놀림거리가 될까 봐 그것을 사지 못하게 했다.

아들은 "왜? 어떤 색이나 상관없다며?" 하고 당당하게 되물었다.

답변이 궁했지만, 아들의 이런 자유로운 사고와 질문들은 학교 시스템에서 수용되는 데 한계가 있었다. 대안학교에 보내고자 했지만 아이는 집이나 친구들과 떨어져 다른 곳의 학교에 가는 것을 싫어했다.

아이는 초등학교와 중학교 때 왕따를 당했다. 아들을 지켜보며 울음을 삼켜야 했던 시간들……. 그때 기도 말고는 내가 할 수 있는 일이 없었다. 할 수 있는 일이 없다는 막막함 속에 나는 아들을 위해 혼자 울고 기도하며 바닥에 떨어진 심정이었고, 더 겸손해졌다.

아이의 체중은 정상 범위를 많이 벗어나 있었다. 체질이 남다른 점도 있었겠지만, 엄마가 너무 바빠서 신경을 못 썼다고 내 탓을 하게 될 만큼 식습관이 좋은 편은 아니었다. 늘 과체중이었다. 학교에서는 외모에 따라 아이가 쉽게 재단되는 경우가 많았다. 그런 이유로도, 또 '눈치 없이' 항상 바른말을 한다고 왕따가 되기도 했다.

아이가 초등학교 1학년 때 담임선생님이 내게 전화를 했다. 수업 중에 선생님이 아이들에게 말했단다.

"선생님은 여러분을 정말 사랑해요."

우리 아이가 손을 들고는 "선생님은 우리를 사랑하지 않아요"라고 여러 차례 말했다는 것이다.

선생님은 혹시 집에서 자기를 흉봤냐고 물었다. 그런 일은 결코 없었다. 아이에게 왜 그랬는지 물어보니 "나는 토마토를 싫어하는데 억지로 먹여서 토했어요. 토했는데도 계속 먹였어요. 사랑한다면 그럴 수 없어요"라고 말했다.

아이는 논리가 분명했다. 어떤 선생님은 아들을 독특하다고 했다. 자기 생각을 말로 나타내고, 조금이라도 의문이 생기면 "왜"라고 묻는 아이를 독특하다고 단정한 것이다. 선생님은 아이의 생각이나 상태에 대해 찬찬히 물어보거나 답변을 기다려주지 않았다. 자신이 옳다고 여기는 방침을 강행할 뿐이었다. 반 아이들은 그런 선생님을 보며 자기와는 생각이 조금 다른 친구를 기다려주지 않는 사람으로 닮아갔다.

아들이 중학교 시절, 하루는 팔뚝 아래쪽에 시커멓게 멍이 들어왔다. 아들에게 무슨 일이 있었는지 물었는데 "그냥 부딪쳤다"고 해서 그런 줄 알았다. 하지만 교사인 남편은 말하지 않아도 알았다.

"어떤 놈이 그랬어?"

겉에서 안 보이게 옷 안쪽만 반복해서 때린 학교폭력 피해였다.

차분하게 물어보니 학교에서 "폭력을 당한 적이 있으면 가해 학생 이름을 써내라"고 했단다. 아들 반에 학교 2진인 아이가 있어 아이들을 괴롭혔고, 아들도 당한 적이 있어 써냈다고 한다. 아들만 쓴 것이 아니라 많은 아이들이 썼단다. 그 때문에 선생님께 불려갔던 2진 아이가 돌아와서 이름 쓴 아이들을 색출하기 시작했다고 한다.

"너냐?"

하나씩 묻자 아이들은 겁에 질려 모두 "아니"라고 했는데 우리 아들은 둘러대지를 못하고 "내가 썼다"라고 했다는 것이다. 진실을 말한 결과가 시커먼 멍이었다. 남편은 다음 날 조퇴를 하고, 아들 학교에 가서 강력히 항의했다. 며칠 동안 아이 학교에는 "쟤네 아빠가 조폭 같은 이상한 선생인데, 와서 아들 때린 놈 가만 안 두겠다고 했다. 쟤네 아빠 깡패였대"라는 이상한 소문이 돌았다고 했다.

가해 학생은 불려가서 며칠 동안 매일 반성문 쓰고 교무실에서 손을 들고 있었다고 한다. 나중에는 그 애가 아들과 눈을 마주치면 오히려 피했다고 했다. 그 사건 이후로 학교에서 누구도 아들을 건드리지 않았다. 아빠가 교사이니 때렸다가는 괜히 골치 아파질 수 있다는 걸 아이들도 알았다. 게다가 내 아들도 사춘기를 지나며 우쩍 자라, 아이들이 함부로 대할 수 없을 만큼 덩치가 커졌다. 또 아들이 제법 강단이 있다 보니 그런 상황이 되면 "학교폭력으로 신고하겠다"고 당당하게 말했던 것이다.

그러나 초등학교나 중학교 때 아들이 학교폭력과 왕따 때문에 고통당할 때 내가 주도적으로 해결할 수 있는 일은 없었다. 남편도 "너무 큰 문제가 되지 않으면 믿고 기다리자"고 했다. 앞서 아이를 키웠던 친구들이나 전문가들도 "믿고 기다리고, 아이에게 부모는 언제나 네 편이라는 확신을 주면 된다"고 했다. 하지만 가정폭력을 봐왔던 나는, 기다리다가 피해자가 오히려 당했던 수많은 사건을 떠올리며 마음 졸여야 했다. 가슴이 시커멓게 타는 것 같을 때도 있었다. 나는 그때 아들에게 말했다.

"우리는 언제나 네 편이야. 학교에서 무슨 일이 있으면 꼭 우리에게 이야기해 줘. 그리고 네 몸과 마음을 상하면서까지 학교에 꼭 다녀야만 하는 것은 아니야. 언제든 네가 싫으면 그만두어도 돼."

아들은 어려서부터 자기 의사가 분명했다. 밖에서 노는 것보다는 집에 있는 것을 좋아한다. 그리고 곤충을 정말 좋아해서 곤충에 대한 것이라면 무엇이든 연구하는 일종의 '덕후'다. 곤충 시장이 우리나라보다 큰 일본에서 나온 책을 공부하기 위해 혼자 일본어를 익히고, 곤충채집이나 기르는 것은 물론이고, 수입해 표본으로 만드는 일도 마다하지 않을 만큼 곤충에 빠져 있다. 아들이 표본을 만들기 위해 곤충을 수입한다고 하기에 나는 "불법적인 방법은 절대 안 된다"고 강경하게 말했다. 아들은 무역에 필요한 송장을 떼가며 통관 절차를 꼼꼼하게 체크하고, 하나하나 복잡한 절차를 확인해 적법하게 수입하는 데 성공했다. 아들은 곤충을 좋아하는 인터넷 동아리에서 활동하는데, 회원들의 나이대가 다양한데도 아들의 영향력이 꽤 큰 듯하다.

아들은 고2 때 "대학을 가지 않겠다"고 선언했다. 곤충과 생물을 좋아해 일반고 과학 특별반을 지원해 다녔는데, 대학을 가지 않겠다는 것이다.

내가 외국 출장을 갔을 때였는데, 아들은 자기가 공부 좀 못한다는 이유로 이렇게 인권을 침해당하며 살 수 없다고 울며불며 대학을 안 가겠다고 했고 남편은 받아들였다고 한다. 세상에! 나도 없는 상황에서……. 그러나 아들의 주장이 워낙 완강해 받아들일 수밖에 없었다. 나는 대한민국에서 '고졸'로 산다는 것이 얼마나 힘든지 이야기했지만 별무소용이었다. 아들은 대학이 자기에게는 별다른 의미가 없다고 했다. 학교 선생님도 이해할 수 없다고 했다.

"가정 형편이 어려운 것도 아니고, 공부를 아주 못하는 것도 아닌데 왜 대학을 가지 않니?"

나는 아들이 이른바 '좋은' 대학은 아니더라도 대학에 가서 생물학이든 뭐든 배우면 좋겠다고 생각했다. 하지만 아들의 생각은 변하지 않았다.

'우리나라에서 대학을 가지 않으면 어찌 살아가지' 하는 세속적인 생각도 들었다. 아들은 자기 필요에 의해 좋아서 일본어를 공부했기 때문에 꽤 잘한다. 학교에서 주최한 일본어 경시대회에서 2등을 했다고 한다. 그러나 학교에서는 아들에게 상을 주기 꺼렸다고 한다. 어차피 대학도 안 갈 텐데, 기왕이면 대학 가는 애한테 상을 주어야 생활기록부에 기록되어 스펙으로 쓸 수 있다는 이유에서다. 이래저래 속이 터졌지만 아들이 선택한 것이니 그 생각을 내가 강제로 바꿀 수는 없었다.

아들에게는 "네 의견을 존중한다"라고 말하고, 다섯 가지 약속을 제시했다. "고등학교 졸업은 한다. 학교 가서 자지 않는다. 예의 바르게 군다. 책을 열심히 읽는다. 건강에 신경 쓴다." 아들은 약속을 지키기로 했고, 나는 모든 것을 아들이 알아서 하도록 했다. 그나마 다행인 것은 아들은 자기 일은 자기가 알아서 하는 편이다. 아침에 일어나라고 단 한 번도 깨운 적이 없다.

남편과 나는 아이에게 고3 겨울방학 때 "너도 성인이 되었으니 생활비는 우리가 계속 부담하겠지만, 앞으로 네 용돈은 네가 벌어서 써라"라고 말했다. 아들은 "알겠다"고 하더니 그때부터 편의점부터 시작해 여러 곳을 전전하며 아르바이트를 했다. 그러다가 유명 프랜차이즈 레스토랑 주방에서 아르바이트를 하기 시작했다. 주방 일이라 힘이 들어서 그런지 그만두는 사람이 많았지만 아들은 꾸준히 다녔다. 곤충 외에는 특별히 노는 일에 관심이 없어 평상시뿐만 아니라 주말에도 일을 하다 보니 그곳에서 일한 지 꽤 오래되었다.

20대 초반 남자 청년들에게 학업과 군대, 진로는 동시에 고민해야 할 복잡한 문제다. 아들은 대학에 진학하지 않았으니, 군대에 다녀오려고 입대를 신청했다. 신체검사에서 4급 보충역 판정을 받았다. 그런데 이 아이들 또래가 에코붐 세대라 잠시 인구가 증가한 때였다.

군 입대 대기자가 너무 많아 기다려야 했다. 여러 차례 신청했으나 계속 밀렸다.

아들은 일본 유학을 준비하고 있다. 하지만 아직은 모든 것이 불투명하다. 계속 입대를 기다리며 아르바이트 중이다. 어느 날 아들이 학원비를 보조해 달라고 진지하게 요청했다. 원하는 대로 학원비는 지원해 주고 있다. 나는 아들의 선택을 지켜볼 생각이다. 편안하게 마음먹고 싶지만 사실 불안하고 답답하다. 내가 이런데 본인은 오죽할까 싶어서다. 내 일은 내가 알아서 계획하고 실행하면 되지만, 아들 일은 내 계획대로 되지 않는다는 것을 알기에 걱정과 염려의 말을 꾹꾹 누르고 있다.

나는 한편으로 아들을 보면서 우리나라에서 고졸로 사는 문제를 심각히 바라보게 되었다. 학력 차별이 만연한 나라, 전 국민이 대학을 가는 나라, 20대 초반의 청년 활동이 모두 대학생 위주로 구성되어 있는 나라라는 점이 새삼 눈에 들어왔다. 제품이나 서비스 판매도 대학생이 주 고객이고, 정부 기관이나 지방자치단체의 청년 활동도 대학생 중심, 하다못해 정당이나 국회에서도 대학생 활동단을 모집한다. 대학을 가지 않은 청년들이 우리나라에서 당당하게 자부심을 갖고 대학 재학생이나 졸업생들과 대등하게 살아갈 수는 없을까. 국회의원으로서 나는 문제의식을 갖고 고졸 청년들을 보기 시작했다. 그리고 또 하나, 요즘 남자 청년들이 젠더 갈등이 많은데, 아들과 토론하며 오히려 그들을 이해할 수 있었다. 나는 아들과 싸우듯이 날을 세우고 의견을 주고받곤 했다. "요즘 학교는 엄마가 학교 다닐 때랑 많이 달라" 하며 아들은 남자 청소년 및 청년들이 겪는 차별과 고충을 말했다. 나는 아들이 전하는 말을 들으며 우리나라 청년 세대에 대해서도 깊이 생각할 수 있었다.

아들의 성장 단계를 함께 통과하는 것은 쉽지 않은 과정이었다. 다시 아이를 키우면 원칙대로 말하고 거짓말하지 않는 아이보다는 적당히 타협하는 아이로 키우고 싶은 마음이 들 정도다. 그러나 나는 혼잣말을 덧붙일 수밖에 없다.

'다시 키워도 똑같겠지. 우리가 그렇게 살았고 아들도 그렇게 살 테니.'

돌이켜 보면 나는 살아오면서 나를 위해 행복하기를 바란 적이 없다. 그저 내게 당면한 일들을 처리하느라 늘 직진, 또 직진이었다. 그런데 요즘은 나도, 남도 행복하길 기도한다. 자식에 대해서는 특히 그렇다. 하지만 내 자식만 행복한 것이 아니라 모든 어버이의 자식들이 행복하면 좋겠다. 모든 어버이도 행복하면 좋겠다.

아들은 그런다. 친구들이 "국회의원 아들에 대한 환상이 깨졌다고 한다"고.

"엄마가 국회의원인데 너는 왜 맨날 그러고 다니느냐. 옷도 거지꼴이고 맨날 우리랑 똑같이 알바하고. 국회의원이라도 별 수 없구나."

외견상 권력을 지닌 듯이 보이는 엄마가 아들을 위해 길을 터주고 일자리라도 알아봐 주리라 생각했을까? 정말 국회의원이라도 별수 없다. 아들의 길을 엄마가 대신 만들어줄 수는 없다.

2, 3년 전 아들이 말했다.

"나는 그래도 엄마, 아빠가 괜찮았던 것 같아. 왜냐하면 나를 존중하고 민주적이고, 이렇게 키워왔으니 그 정도면 뭐 됐지."

부모에 대한 아들의 평가다.

이 정도만 점수를 주어도 고맙다. 아들은 학교 시스템이 아들을 담아내지 못해 깊은 상처를 받기도 했지만 이제는 친구들도 제법 많고, 여전히 자기 방식대로 살아간다.

다른 아이들처럼 우리 아들도 길을 찾아가며 헤매고 있다. 마음먹은 대로 되지 않는다. 군대를 가고 싶어도 맘처럼 쉽지 않다. 주변에서는 다들 자기 길을 잘 찾아가는 것 같은데……. 아이가 좀 더 영악했으면 자기 것을 더 잘 챙길 수도 있었을 것이다. 하지만 내가 원하는 것은 모두가 같이 행복해지는 것이다. 우리 아들이 남과 달라 진로 결정이 좀 늦어진다 해도 아들이 사회적으로 불편해하지 않았으면 좋겠다. 각자의 장점을 인정하고, 자기에게 집중하면서 더불어 즐겁게 사는 사회가 되길 바란다.

2부

문을
두드리는
용기

무엇을 할 것인가? 어디로 갈 것인가?
새로운 시작, 혁신위원회

2015년 한국여성의전화 상근 활동을 마무리했다. 한국여성의전화 상임대표는 임기제인데 임기는 3년이고 1회에 한해 연임할 수 있다. 내가 원한다고 해서 장기 집권을 할 수 있는 구조가 아니다. 서울 여성의전화 회장으로 3년, 한국여성의전화 대표로 6년, 총 9년 동안 한국여성의전화를 이끌었다. 23년을 한국여성의전화에서 미친 듯이 일하다가 퇴임을 맞으니 허전했고, 앞으로 무엇을 해야 할지 아득했다. 향후 계획에 대해 논의할 사람이 주변에 있는 것도 아니었다. 만나는 사람마다 모두 "이제 본격적으로 정치를 하면 좋겠다"라고 말했지만 어떻게 정치를 하는지, 정치를 하려면 무엇부터 해야 하는지에 대해 구체적으로 도움을 주는 이는 없었다.

임기를 마치기 6개월 전쯤 여성단체연합에서 연락이 온 적이 있다. 차기 대표를 맡으면 어떻겠느냐는 제안이었다. 고민하는 내게 남편은 이제 새로운 길을 가야 할 때라고 조언했다. 나도 새로운 변화가 필요했다. 나는 "제안해 준 단체 관계자에게 고맙지만 갈 수 없다"고 거절의 뜻을 전했다. 어떠한 외적 근거나 현실적 배경도 없지만, '정치를 해야겠다'라는 확신이 내 마음속에 자리하고 있었다. 나는 남편에게 정치를 하겠다고, 국회의원이 되어야겠다는 뜻을 밝혔다. 실은 남편이 새로운 길을 갈 것을 강력히 권유했다.

그러나 1월 중순에 임기가 끝나고 잠시 여행을 다녀온 후, 국회의원 준비는커녕 강의를 하느라 아주 바쁜 시간을 보냈다. 경희대학교 후마니타스 칼리지에서 학부생을 대상으로 수업을 하고 있었는데 3월부터 또 새 학기가 시작되었다. 강의와 현장학습, 정책 제안 등으로 구성해 학생들에게 "재미있고 유익하다"고 좋은 평가를 받는 강의였다. 그뿐만 아니라 경기도권의 다른 학교에도 출강했다. 학교 외에 기관이나 단체에서도 각종 특강 요청이 이어졌다. 나는 제법 명강사라 가정폭력, 성폭력 등을 비롯해 여성 인권에 대한 특강을 요청하는 곳이 많았다.

5월 말이었다. 한국여성의전화 후배를 만나고 집으로 들어가는데 남편에게서 전화가 왔다.

"당신, 새정치민주연합 혁신위원회에 들어갈 수 있겠어?"

"난 출마할 생각이라, 내가 혁신위원이 되면 안 될 것 같은데?"

참 뜬금없는 걱정이었다. 출마를 준비하고 있는 것도 아니면서 튀어나온 말이었다.

지금 내가 몸담고 있는 더불어민주당의 전신인 새정치민주연합은 2015년 4·29 재·보궐선거에서 패한 후 고조된 계파 갈등으로 심각한 위기에 봉착했다. 이를 극복하기 위해 당은 혁신위원회를 설치하고, 당의 운영과 관련된 전반적인 제도개선과 공천 제도 쇄신 등 파격적인 혁신을 단행키로 했다. 바로 그 혁신위원회 위원에 대한 제의였다.

집에 들어가서 남편에게 다시 확인했다. 남편은 "혁신위원을 해도 출마할 수 있다는데 ……. 가급적이면 가부를 밤 11시까지 연락해 달래"라고 말했다.

나는 결정하기 위해 몇몇 사람에게 의견을 구했다. '해야겠다'는 결심이 섰다. 그날 밤 바로 연락했다. 다음 날 아침 7시 반, 서대문 모처에서 김상곤 혁신위원장을 만났다. 김 위원장은 "이렇게 훌륭한 분을 만나니 정말 좋다"라며 반겨주었다. 속전속결, 순식간에 일어난 일이다.

혁신위원회에 들어간 것은 우연이지만 운명적인 힘이 작용한 것 같다. 경위는 이랬다. 남편이 며칠 전에 김 위원장과 친분이 있는 지인과 식사를 했는데, 대화 중 나의 안부를 물었다고 했다. 남편은 한 국여성의전화 상임 대표 퇴임 소식을 알리며, 앞으로는 정치를 할 계획이라고 답했다고 한다. 그런데 이 일이 결국 나에게 정치인으로서의 새 길을 열어주었다.

나중에 알게 된 일이지만, 혁신위원회를 11명의 위원을 구성하던 중 시민운동 분야를 대표해 위원을 맡기로 하셨던 분이 임기 중이라 그 직을 수행할 수 없었다고 한다. 갑자기 임기를 마친 사람을 찾으려니 마땅한 사람이 없던 차에 김 위원장이 남편의 지인을 통해 내가 퇴임했다는 이야기를 전해 듣고 그를 통해 연락을 준 것이다.

혁신위원 명단은 김상곤 위원장을 만난 그날, 2015년 6월 10일 오전에 발표되었다. 원래 오후 늦게 발표될 예정이었는데 발표가 앞당겨졌다. 점심을 먹고 있는데 여기저기서 축하 전화가 빗발쳤다.

혁신위원은 우원식 당시 새정치민주연합 의원, 최태욱 한림대학교 국제대학원 교수, 이주환 당무혁신국 차장, 조국 당시 서울대학교 법학전문대학원 교수, 임미애 경북FTA대책특별위 위원, 최인호 부산 사하갑 지역위원장, 정채웅 변호사, 박우섭 인천 남구청장, 이동학 전국청년위원회 부위원장, 그리고 나 정춘숙 전 한국여성의전화 상임대표까지 모두 10명이었다.

사실 그때, 나는 혁신위원회가 무엇을 하는 곳인지 구체적으로 알지 못했다. 정당의 당대표가 전권을 위임했으니 얼마나 중요하고 막

혁신위원들과 함께
2015년 6월 12일 새정치민주연합(현 더불어민주당) 혁신위원회 위원으로 임명되었다.

강한 권한이 있는 자리인지, 앞으로 할 일이 얼마나 대단한지 상상하지 못했다.

혁신위원회는 6월 12일 첫 회의를 열어 공식 활동을 시작한 뒤 9월 정기국회 전에 당 혁신안을 발표한다는 방침을 세우고 있었다. 사안별로 토론을 거쳐 보름에 하나꼴로 개혁안을 발표하겠다는 계획이었다.

혁신위원회 첫 회의가 혁신위원회의 본격적인 출발이었다. 위원들은 상견례를 겸한 첫 전체회의에서 각자 느껴온 당의 문제점을 지적하며 혁신의 의지를 다졌다. 나는 미리 일정이 잡혀 있던, 국회 의원회관에서 열린 토론회의 사회를 마치고, 빠듯한 시간에 맞추기 위해 회의장인 본청 당대표 회의실로 부리나케 뛰어갔다. 머리가 산발이 된 채로 첫 회의에 참석했다. 그날 혁신위원들은 결연하게 각자 준비한 소감을 밝혔다.

혁신위원회 활동은 6월 중순부터 9월 말까지 진행되었고, 10월에 마무리했다. 일정이 매우 빡빡했다. 일주일에 서너 번 넘게 만나며 치열하게 회의를 했다. 새정치민주연합의 모든 것을 새롭게 하자는 것이 모토였다. 당헌·당규 개정, 조직 점검 등 환골탈태 작업이 속전속결로 이루어졌다.

당과 관련해 언젠가 지방선거의 재심위원회 위원으로 활동한 것이 내 경험의 전부였다. 나는 수험생처럼 포스트잇을 붙여가며 당헌·당규를 맹렬히 공부했다. 매일 초선 의원, 재선 의원, 중진 의원 그룹과 간담회를 했다. 당헌·당규를 만들기 위해 당료를 면담하며 자료를 만들어 돌렸다. 매일매일 지칠 때까지 열심히 공부하고 연구했다. 혁신위원 모두가 모든 영역을 다 관장했다. 분야를 각자 나누어도 반드시 다 같이 모여서 함께 의견을 나누고 결정해 나갔다.

숱한 모임과 회의를 거쳐 당헌·당규 작업을 어느 정도 완성하고, 조직 체계를 재정비했다. 최고위원회 체제를 모두 바꾸어 의사결정 구조를 대폭 정리했고, 당 조직 구조도 모두 변경했다. 특히 평가위원회의 책임은 막중했다. 평가를 통해 현역 국회의원 하위 20%는 공천에서 탈락하도록 했다. 나를 제외하고는 모두 당과 관련한 경험도 많고 지식이 축적되어 있어 전문성이 있는 분들이었다. 혁신위원회 일

혁신위원회 위원으로 활동하는 모습(2015년)

을 통해 나는 당과 정치에 대해 세부적인 사항까지 체계적으로 배울 수 있었다. 국회의원이 되기 위한 오리엔테이션을 제대로, 호되게 한 것이다.

혁신위원회에서 안을 정하고 발표하고 토론해, 그 안이 당무위원회를 통과하면 모두 제도화되었다. 그 때문에 그 일은 정말 중요했다. 이 과정에서 내부 갈등이 엄청났다. 혁신위원회에서 안을 마련하면, 최고위원회의 논의를 거치고 전체 의원총회에서 통과시키는 방식이었다. 때로 혁신위원회와 최고위원회 연석회의는 일요일에 진행되었다. 우리가 갖고 온 안을 놓고 밤늦게까지 최고위원회 회의를 했다. 당시 당대표이던 문재인 대통령은 회의 구성원 모두의 의견을 다 들은 후에 비로소 정리했다. 끝까지 경청하는 모습이 아주 인상적이었다. 비가 엄청나게 쏟아지던 어느 날 밤 당대표실에서 열띠게 토론하

8차 혁신안 발표(2015년 8월 20일)
김상곤 혁신위원장을 포함한 위원들과 함께 8차 혁신안을 국회 정론관에서 발표했다.

던 기억이 지금도 생생하다.

혁신을 한다는 것은 기득권을 무너뜨리는 일이다. 갈등이 수반될 수밖에 없다. 그때 가장 두드러지게 개선한 것이 바로 평가제도다. 하위 20%를 모두 공천에서 배제하는 것은 파격적인 일이었다.

혁신위원회 활동은 공과가 있었다. 당대표의 의지로 혁신위원회 활동이 제도화로 연결되어 모든 약속이 지켜졌다는 점은 평가할 만하다. 여러 아쉬움이 있지만 그중 최고위원회 제도를 변경한 것은 사실은 보완이 필요한 사항이었다. 최고위원을 권역별로 돌아가며 하게 했는데, 내가 국회의원이 되어 당 대외협력위원장을 하면서 경험해보니 문제점이 보였다.

선출직은 당대표뿐이고 최고위원은 돌아가며 일을 하다 보니 업무의 연속성도 문제이고, 무엇보다 최고위원들의 권한과 역할이 매우 제한적이었다. 사실 최고위는 정치적 판단과 결정을 해야 하는 구조다. 이 일은 순번제로 돌아가며 하게 할 일이 아니라고 생각한다. 적합한 위임과 권한 부여가 필요했는데, 개선된 최고위원 제도는 안타깝게도 현실을 고려하지 못했다.

이러한 문제점이 대두되면서 최고위원회 구성은 다시 선거제로 바뀌었다. 국회의원의 기득권을 배제하기 위해 국회의원의 혁신위원회 활동을 최소화하다 보니 위원 중 국회의원은 우원식 의원밖에 없었다. 당직자도 정작 국회를 잘 안다고 볼 수는 없다. 그렇다 보니 현실을 반영하지 못한 것 같다. 참으로 아쉬운 점이다.

하지만 위원들은 사력을 다해 열심히 연구하고 토론했다. 나는 혁신위원회에서 좋은 분들을 만났다. 이분들과 함께 공부하며 배울 수 있었던 것은 행운이다. 여기서 나는 구체적인 정치 감각을 얻을 수 있었다.

지역구 여성 의원의 공천 비율 30% 할당을 실체화한 것은, 내가 정말 죽기 살기로 싸워 얻은 결실이다. 정당 안에서 여성은 부차적 존재였기 때문에, 여성의 정치참여 비율을 명문화하는 것은 매우 중요한 일이었다. 처음 만든 안이 여성의 정치참여 확대라는 목표를 충분히 반영하지 못해 세 번이나 회의를 하며 '여성정치참여확대위원회'를 설치하는 안을 만들었다. 나는 당 여성국, 여성 국회의원들과 의논

좋은 대통령은 역사를 만들고
나쁜 대통령은 역사책을 바꿉니다

새정치민주○

박근혜 정부의 북한식 국정교과서 반대!

혁신위원회 위원으로서 마지막 날(2015년 10월 16일)

해 가며 여성의 정치참여 확대를 위한 작은 고리를 마련했다. 혁신위원회가 다루어야 할 안건이 너무나 방대해 대부분 한 가지 주제는 한 번 정도 토론하는 게 일반적인데, 여성의 정치참여 확대와 관련해서는 세 번이나 토론했다. 그만큼 논란이 많았다는 것이다.

혁신위는 '여성정치참여확대위원회'를 당헌에 못 박고 그 실무 단위를 구성하도록 했다. 그러나 당헌이 개정된 지 무려 4년 만에야 위원회가 꾸려졌다. 당헌이 개정되어도 이를 실행할 주체를 세우지 못하면 모든 것이 허사라는 것을 다시 한번 깨달았다.

어떻든 혁신위원회 활동은 내게 시기적절한 일이었다. 혁신위원회를 통해 뭣도 모르고 현실 정치에 발을 들여놓은 것이다. 그때 내가 또 다른 여성단체에서 활동했다면 아마도 정치를 하지 못했을 것이다.

『**가정폭력에서 벗어나기**』 **출판기념회(2015년 11월 18일)**
한국여성의전화 송란희 사무처장의 사회로 진행되었다.

가는 길은 몰랐지만 나는 퇴임 후인 2016년 비례대표 의원에 출마
하기로 마음을 먹었다. 정치적 자원은 별로 없었다. 그러나 모델은 있
었다. 남인순, 김상희, 이미경 의원 등 앞서간 여성운동 선배들이다.
그들이 어떻게 국회의원으로 진출했는지 그 과정을 내가 자세히는 몰
라도, 선배들도 했으니 나도 할 수 있을 것이라는 매우 단순하고 겁
없는 생각이었다. 남 의원과는 1993년부터 인연이 있다. 남 의원은
여성단체연합에서 활동했는데, 여성단체연합과 한국여성의전화가 모
두 장충동 '여성 평화의 집'에 입주해 있었다. 가까이서 보았던 선배들

이기 때문에 그분들처럼 나도 정치를 통해 여성운동을 할 수 있을 것이라고 생각했다. 혁신위원회가 나를 그 길로 인도했다.

비례대표제는 사회적 소수자의 정치적 대표성을 보장하기 위해 각 분야의 전문가를 모신다. 그러나 분야가 다양하기 때문에 지속적으로 함께할 조직을 확보하는 것이 매우 중요하다.

나는 혁신위에서 같이 활동한 이들에게 비례대표 출마 방법을 묻고 도움을 구했다. 그들은 정치인으로서 해야 할 몇 가지 실제적인 일들을 알려주었다. 나는 혁신위원회에서 만났던 이들의 조언에 기대어 비례대표 출마 연설을 할 때까지 몸으로 부딪치며 과정을 밟아나갔다.

혁신위원장에 이어 더불어민주당 인재영입위원장이 된 김상곤 위원장은 나를 당의 인재로 영입했다. 2016년 2월 14일, 나는 국회 당대표회의실에서 기자회견을 열고 더불어민주당 공식 입당을 선언했다. 나의 입당과 관련해 더불어민주당은 "여성과 아동을 비롯한 사회적 약자가 차별받지 않는 대한민국, 균등한 기회를 보장받는 대한민국, 행복한 삶을 누릴 수 있는 대한민국을 위해 헌신해 왔음은 물론 이를 실천할 최적의 인재"라고 설명했다. 나는 입당을 하며 "오랜 현장 경험과 사회복지 전문가로서 안전하고, 평등하고 평화로운 가정과 사회, 지속 가능하고 사람이 사람답게 사는 세상을 이루기 위해 헌신하겠다"고 다짐했다. 김 위원장은 이날 나에게 당원증을 수여하고 환영

더불어민주당 입당

김상곤 더불어민주당 인재영입위원장으로부터 입당 제안을 받아 2016년 2월 14일 입당식을
했다.

사를 통해 "사회에는 여러 가지 이유로 고통을 받는 여러 계층의 약자
가 있다"라면서 "사회적 약자를 위해 살아온 정춘숙 전 상임대표의 삶
자체가 혁신이며, 그 혁신은 정치로 이어져 더불어 행복한 대한민국
을 만들 것"이라고 격려해 주었다.

입당을 하자 전국가정폭력피해자보호시설협의회(공동대표 고미경,
허순임, 김은희)에서는 비례대표 신청을 한 나를 지지한다고 공개적으로
선언했다. 협의회는 내가 폭력 피해 여성과 아동 인권을 위해 헌신해
왔다고 강조했다. 협의회는 "폭력 피해 여성과 아동을 지원하는 현장

여성 예비 후보 전진 대회에서
2016년 4·13 국회의원 총선을 앞둔 3월 27일.

더불어민주당 당사의 벽면에 새겨진 '더더더더더더더더 ……' 글씨 앞에서

에서는 가정폭력, 성폭력, 아동학대, 이주여성 문제 등을 통합적으로 이해하며 대안을 제시할 수 있는 현장성과 전문성을 갖춘 정치인을 간절히 기다려왔다"면서 "정 전 대표가 20대 국회에서 여성과 아동의 인권, 사회적 약자를 대변하는 활동을 적극 펼칠 수 있도록 당선권 내 비례대표로 선출해 주기를 기대한다"라고 당선권 내 비례대표 선출을 더불어민주당에 요청했다. 한국여성의전화를 비롯해 내가 그간 활동한 여성운동 분야에서도 나의 새로운 선택을 지지해 주었다.

당면한 목표는 비례대표 국회의원이 되는 것이지만, 내가 비례대표 의원으로 출마해 정치를 하려는 이유는 '사람이라면 누구나 사람처럼 살 수 있는 세상을 만드는 것'이었다. 약자를 위한 정치, 국민의 삶을 좀 더 편안하게 하고 눈물 흘리는 일 없게 하는 정치를 하고 싶었다. 2008년 이명박 정부 시절 미국산 쇠고기 파동이 일어났을 때 다른 시민단체와 함께 반대운동을 펼쳤다. 그 이듬해 정부 기관이 진행한 여성부 프로젝트에서 우리 기관이 우수 프로젝트로 뽑혔음에도 지원금을 주지 않았다. 그 이유는 우리가 반대 집회에 참여한 단체이기 때문이라고 했다. 나는 그때 좋은 정책을 제시해도 좋은 정치가 선행되지 않으면 정책이 실행될 수 없다는 것을 경험했다. '정책'이 아니라 '정치'가 문제였다. 특히 혁신위원회 위원을 하면서 정치가 사람들의 일상에 영향을 미치고, 사람들의 삶을 바꿀 수 있다고 확신했다.

국회의원이 될 것이라고 기대하기는 어려웠지만 20대 비례대표

의원에 출마했다.

나는 지금도 그때를 "문을 두드리는 용기"라고 말한다.

서류심사와 면접을 무사히 통과했다. 비례대표 순번은 몇몇 당연 직 몫을 제외하고는 연설을 한 후 중앙위원회에서 투표로 결정했다.

연설을 하루 앞두고, 갑자기 허리통증이 심해졌다. 걷지를 못해 난생처음 119 구급차를 타고 응급실에 실려 가는 상황이 발생했다. 의사가 입원해서 시술을 받아야 한다고 했지만, 나는 중요한 일이 있 어 못 한다고 의사에게 사정을 말했다. 응급조치로 엄청난 크기의 주 사를 허리에 맞았다. 뼈마디가 모두 벌어지는 느낌이 드는 무지막지 한 주사였다. 새벽에 응급실에 갔는데 오후 2시가 되어서야 나왔다. 허리에 복대를 하고 바로 연설하러 갔다. 하지만 그날은 선정 과정에 대한 문제로 연설을 하지 못하고 돌아와야 했다. 다음 날에야 연설을 마쳤다. 당원 투표 과정에서 한국여성의전화 회원들이 헌신적으로 도 와주었다.

당 최초로 공개 절차와 연설을 통해 비례대표를 민주적으로 선출했 지만, 실은 조직력이 센 사람이 투표에서 이긴다. 남편과 나의 인맥을 총동원했다. 비례대표를 취지에 맞고 공정하게 선출하는 것은 정당 공 천의 공정성과도 깊이 연관되는 매우 오래된 숙제이다.

비례대표 13번이 되었다. 나를 지지하던 회원들은 다들 환호했다. 처음에는 당선 안정권이라 했지만 나중에 국민의당이 약진하면서 판

제20대 국회 개원일(2016년 5월 10일)

세가 뒤집어졌다. 11번을 받은 권미혁 의원도 불안해할 정도였다. 총
선을 마치고 개표 결과가 발표되던 날 한국여성의전화 회원들은 밤을
꼬박 새우며 결과를 기다려주었다. 새벽 6시, 나는 수업이 있어 경희대
로 가기 위해 택시를 타고 신논현 광역버스 정류장으로 가고 있었다.

"대표님 축하해요."

아침 6시 반부터 전화가 끝없이 울려댔다.

택시 기사가 물었다.

"무슨 좋은 일 있으세요?"

"제가 비례대표 국회의원으로 당선되었습니다."

"축하합니다. 그런데 이 시간에 어디 가세요?

"오늘 강의가 있어 학교에 수업하러 가요."

그는 "이런 날 수업에 안 빠지는 훌륭한 의원"이라고 나를 칭찬해 주었다.

20대 총선 비례대표 출마를 결심한 후로 난 이를 이루기 위해 최선을 다했다. 가능성을 계산하기 전에 도전했고, 단계마다 당면한 일들을 풀어나갔다. 그렇게 비례대표 순번을 받았다. 비례대표 순번을 받은 다음부터는 지역구 의원의 선거운동을 지원하러 다녔다. 찬조 연설을 무수히 했다. 선거운동 버스에 아침 7시에 올라 밤 9시에 하차하는 고된 일정이었다. 힘든 것도 잊고 목청을 돋웠다. 특히 여성 의원 출마 지역과 수도권 열세 지역이 주된 지원 지역이었다.

정치는 정말 치열한 전쟁터다. 그 속에서 '여성'이 살아남는다는 것은 더욱 힘든 일이라는 걸 지원 유세를 다니면서도 알 수 있었다.

좌충우돌 초선 의원, 매뉴얼이 필요해

국회와 당에 대한 이해가 일천한 나는 의정 활동을 잘하기 위해 살아 있는 매뉴얼이 필요하다고 느꼈다. 아직도 국회에 대한 이해가 부족한 내가 용기를 내어 나의 경험을 쓰는 것은, 좌충우돌 부딪치며 느꼈던 나의 이야기들이 다소 부족할지라도 초보자용 매뉴얼 역할을 하면 좋겠다고 생각하기 때문이다.

4·13 총선이 끝나고 비공식적인 각종 모임과 대회, 당 행사 참여 등 일정이 곧바로 시작되었다. 제20대 국회의원 임기는 5월 31일부터 였지만 그 전에 해야 할 일이 산더미였다. 첫 공식 일정은 4월 16일 세월호 희생자 참배였다. 제20대 더불어민주당 국회의원들이 무엇을

세월호 실종자들의 무사 귀환을 기원하며
국민들에게 나눠 줄 노란리본을 만들었다.

세월호 희생자 추모 공간이 마련된
서울 광화문에서

위해 어디로 갈 것인지를 상징적으로 보여준 첫 행보였다. 세월호가
침몰한 진도 앞바다에 있는 동거차도를 방문해 세월호 가족들의 이야
기를 들으며 원래도 눈물이 많은 나는 하염없이 눈물을 흘렸다. 세월
호는 모든 국민의 아픔이었다. 게다가 참사로 희생된 아이들과 동갑
내기 아들을 둔 나는 더 관심을 갖고 있었다.

그 무렵 나는 수업하랴, 보좌진 구성을 위해 사람 뽑으랴 정신이
없었다. 보좌진은 국회의원을 보좌해 의원이 제 역할을 잘 해내는 데
가장 핵심적인 요소 중 하나다. 좋은 보좌진은 정책적·정무적 조언과
함께 정치적 동지가 되기도 한다. 대체로 지역구 의원들이 선거운동
을 함께해 와 한 몸과도 같은 보좌진을 갖추고 있는 데 비해 비례대표
의원은 그렇지 못한 경우가 많다. 요즘은 같은 상임위에서 오래 활동
해 전문성을 갖춘 이들을 보좌진으로 뽑는 경우도 많다. 내 경우는
보건복지에 전문 역량이 있는 보좌진을 갖추어 초반에 많이 의지하며
의정 활동을 했다.

돌아보면 국회의 일은 단체 활동가들과 비슷해 자신의 전문적 역
량도 일정 정도 필요하나, 각 자원을 동원하고 연결하며, 새로운 답과
도구를 만들어내는 과정이다. 정책 역량도 필요하고, 정치를 이해하
고 함께 해석해 다음 행보를 논의할 수 있는 정무적 역량이 매우 중요
하다. 임기 초반 "정치를 잘 모른다"라고 했으나, 지나고 보니 단체
활동에서 익힌 일을 성취하는 시점과 방향, 사람에 대한 이해가 의정

제20대 국회 개원일

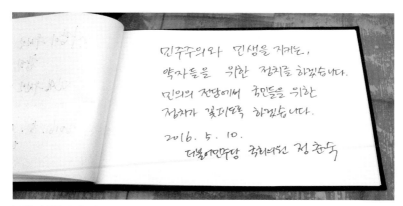

민주주의와 민생을 지키는,
약자들을 위한 정치를 하겠습니다.
민의의 전당에서 국민들을 위한
정치가 꽃피도록 하겠습니다.
2016. 5. 10.
더불어민주당 국회의원 정춘숙

국회 개원일에 작성한 나의 다짐

활동과 정무적 판단에 커다란 도움이 되었다.

나는 처음 구성한 보좌진과 임기를 마칠 때까지 함께하리라 생각했다. 보좌진을 자주 바꾸는 의원은 문제가 있다고 생각했다. 그러나 의원 자체가 4년마다 평가받는 이른바 계약직이니, 의원과 생사를 함께하는 보좌진 역시 미래를 기획하기가 쉽지 않다. 국회의 시스템은 매우 독특한데, 임면의 권한이 모두 의원에게 있으므로 쉽게 보좌진을 바꾸기도 했다. 우리 당 같은 경우는 여당이 되면서 청와대나 정부로 자리를 옮기는 보좌진이 많아 불가피하게 바꿀 수밖에 없는 상황이 되기도 했다. 출산휴가, 육아휴직에 들어가기도 하고, 보좌진 스스로가 급수를 높여 다른 의원실로 옮기기도 했다.

여하튼 국회의 인사 시스템은 참 불안정하고, 의원 개인에게 임면권이 있어 의원과 보좌진이 갑을관계라는 말도 나온다. 보좌관의 임면과 관련된 국회 인사 시스템의 변화가 필요하다는 의견이 지속해서 나오는 이유다.

국회의 시스템을 처음 접하니 모든 것이 낯설었다. 본회의, 상임위, 법안소위, 예결소위 ……. 익숙한 말이지만 어떤 기능을 하는지 알지 못했다. 예를 들어 2016년 6월 제20대 국회 보건복지위원회 첫 상임위에서 업무 보고가 있다고 해서 보고를 받는가 보다 하고 편안한 마음으로 상임위에 갔다. 그런데 보고는 잠깐이고 국회의원이 계속 질의를 하는 것이었다. 보좌관이 왜 그렇게 꼼꼼하게 질의서를 준

'방들이'
2016년 6월 30일, 여성운동을 하는 동료들이 국회 의원회관 사무실에 찾아와 당선을 축하해
주었다.

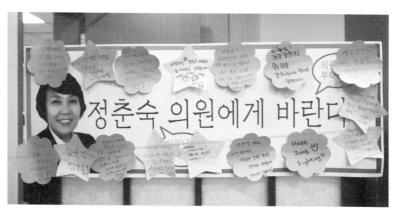

여성운동 동료들이 남긴 '정춘숙에게 바란다' 메모

비하는지 이해가 되었다.

보통 상임위에서 질의를 하게 되면 1차 질의 7분, 2차 질의 5분, 3차 질의 3분을 하게 되는데, 이 짧은 시간에 장차관의 답변까지 포함된다. 시간이 절대적으로 부족하다 보니 의원은 말이 빨라지고, 답변하는 장차관의 말을 자르기도 해 매우 권위적으로 보이고, 이해하기 어려운 모습으로 비치기도 한다. 이렇기 때문에 국회의원들의 불만과 항의가 계속되고 있으며, 제도 개선의 필요성까지 제기되고 있다.

제20대 국회 등원 첫날, 의원들은 본청에서 오리엔테이션을 겸한 회의를 하고 회관에서 식사를 하기로 되어 있었다. 국회 시스템, 기관이나 구조 등 표면적으로 보이는 것은 알겠는데 정작 그 내용이 무엇인지 감이 잡히지 않았다. 본청에서 나와 회관으로 이동할 때 사무처에서 준비한 버스가 있어 다 같이 타고 이동했다. 나중에 이것이 언론에 보도되며 가까운 거리를 버스로 간다는 등 비판이 많았다. 내가 보기에 이것은 의원의 편의를 위한 것이라기보다는 의원들이 어슬렁거리며 흩어지지 않도록, 한꺼번에 이동시키기 위해 국회사무처에서 계획한 것이 아닌가 싶었다. 아무튼 20대 국회의원들은 과도한 의전으로 지탄을 받았다.

국회의원으로서 어떤 일을 어디에서부터 시작해야 할까?

내게는 초선 의원을 위한 현실감 있는 매뉴얼이 필요했다. 국회 시스템을 전반적으로 이해하기 위해 먼저 경험한 분들에게서 실질적인 설명을 듣는 일이 가장 효과적이었다. 다른 일도 마찬가지겠지만 국회 시스템을 직접 겪어보기 전에는 문서나 말로 단번에 구조를 파악하기 어렵다. 첫걸음을 내딛는 데 선배들의 앞선 경험은 많은 도움이 되었다.

좌충우돌했던 비례대표 초선 의원, 걸음마 하는 기분으로 탐색하고 경험한 국회와 당 조직 등에 대해 정리해 봤다.

입법의 첫 단계 국회 상임위원회와 특별위원회

국회 기관은 의장단과 위원회, 교섭단체, 국회 소속기관 등 입법 지원 조직으로 구성된다. 의장단에는 국회의장 및 부의장 2인이 있으며, 위원회는 17개 상임위원회와 예산결산특별위원회, 그 외 비상설 특별위원회가 있다[이하 국회 조직에 대한 설명은 『신규 임용 보좌 직원 직무 과정』(국회사무처, 2019)을 참고해 인용하고, 나의 경험을 보충했다].

국회의 입법 활동을 위해서는 위원회, 특히 상임위원회의 역할을 알아야 한다. 입법 과정은 여러 절차를 거치는데, 상임위원회가 그 첫 단계이다. 국회의 위원회는 본회의에서 의안 심사를 원활하게 할 목적으로 해당 분야에 전문 지식을 갖춘 소수 의원들이 예비로 심사할 수 있도록 구성한 합의제 기관이다. 위원회는 상임위원회와 특별위원회가 있다.

상임위원회는 본회의에 앞서 그 소관 사항에 속한 의안 및 청원

국회 본회의에서 법안 제안 설명을 하는 모습(2016년 11월 17일)

등을 심사하기 위해 설치된 상시적인 위원회다. 제출된 법안이 본회의를 통과해 시행되기까지 진행되는 긴 입법 과정의 첫 번째 관문이다. 위원회에는 위원장과 간사(위원회에서 교섭단체별 의사를 대표하는 위원), 위원이 있으며, 위원회 내 조직으로는 소위원회가 있다.

각 상임위에는 법안심사소위원회, 예산결산심사소위원회, 청원심사소위원회가 있다.

법안심사소위원회에서는 제출된 법안을 심의한다. 한 선배가 "국회의원이라면 법안심사소위원회를 해야지"라고 했는데, 처음에는 그 말이 무슨 뜻인지 몰랐다. 국회는 '입법부'라는 명칭에 걸맞게 법을 만드는 곳이다. 그 시작이 각 상임위의 법안심사소위원회로, 법안심사소위원회는 상임위 전체회의에서 넘어온 모든 법안을 꼼꼼히 심의한다. 제출된 법안에 대해 전문위원이 의견을 밝히고, 의원들은 각 관련 단체나 본인의 가치에 따라 법안에 대한 의견을 제시한다. 쉽게 동의되어 넘어가는 법안도 있으나, 이해관계가 첨예한 법안은 몇 년씩 상정이 안 되기도 한다.

무엇보다 내가 놀랐던 것은 다수결이 아니라 거의 만장일치제로 운영된다는 것이다. 그래서 어떤 의원이 특정 법안에 끝까지 반대하면 그 법안은 통과되지 못한다는 이야기가 나오는 것이다. 상임위 전체회의에서 법안을 심의·의결하지만 특별한 경우가 아니면 소위원회의 의견이 대부분 반영되기 때문에 법안심사소위원회에서 법안이 통과되는 게 입법 성공의 관건이다. 법안심사소위원회는 모든 의원이 선호하기 때문에 경쟁이 치열해 2년 임기를 1년씩 나누어 맡기도 한다.

의원들은 국회에 들어와 상임위원회를 정해야 하는데 당 내 의원들 간에 조정하는 일은 원내대표의 일이다. 우리 당은 자신의 전문 분야에 맞는 상임위원회를 3순위까지 써서 원내대표에게 제출하면, 전문성을 고려해 되도록이면 1순위로 희망하는 위원회를 각 의원에게 배정한다. 비례대표 의원은 상임위원회를 선택할 때 전문성을 반영하기 용이하다. 나는 여성운동을 해왔으므로 여성가족위원회에 당연히

내가 속한 국회 상임위원회인 보건복지위원회 전체회의 모습(2016년 6월 22일)
왼쪽부터 전혜숙 의원, 나, 김광수 의원이다.

관심이 많았고, 석사와 박사 모두 사회복지를 전공했기 때문에 사회
복지 정책에도 주목하고 있었다.

　나는 보건복지위원회를 주 상임위로 하고, 겸임 상임위로 여성가
족위원회도 선택했다. 아직 모든 게 서툰 시절 두 개의 상임위를 하겠
다고 했으니 남들보다 더 많은 일을 하겠다고 말한 것과 같다. 국회의
원은 4년 임기 중 첫 2년을 전반기, 나머지 2년을 후반기라고 부르고
3년 차가 되는 시기를 기점으로 상임위를 바꿀 수 있다. 위원장이 교
체되기도 한다. 그러나 나는 4년 내내 보건복지위원회와 여성가족

위원회에서 활동했고, 여성가족위원회에서는 그 기간 내내 간사를 맡았다.

나는 첫해엔 보건복지위원회 내 예산결산소위원회 위원이 되었는데 상임위의 전체 사업을 한 번에 볼 수 있는 장점이 있었다. 청원심사소위원회는 국민이 국회에 제안한 법안이나 정책을 심사하는 곳인데, 실제 제대로 운영되고 있지는 않다. 국민의 입법에 대한 권리가 사장되고 있는 것이나 마찬가지여서 헌법개정특위에서 청원심사소위원회를 활성화해 국민의 입법제안권을 실질화하자는 의견도 많았다.

특별위원회는 안건이 둘 이상의 상임위 소관에 해당하거나 해당 안건을 상임위보다는 별도 위원회에서 심사하는 것이 필요한 경우 구성하는 위원회다.

본회의에서 의결해 한시적으로 구성하는 비상설특별위원회와 국회법에 따라 상설로 구성하는 상설특별위원회로 구분된다. 특별위원회 활동을 통해 자신이 관심 있는 분야를 더 공부하기도 하고 다양한 입법 활동을 할 수도 있다.

나는 영광스럽게도 대한민국 헌법 개정 30년 만에 본격화된 개헌 추진을 위해 국회에 구성된 '헌법개정특별위원회'와 '헌법 및 정치개혁 특별위원회' 활동을 1년 동안 했다. 특별위원회 활동 역시 일반 상임위와 거의 비슷하게 진행되기 때문에 부하가 크게 걸릴 수밖에 없다.

그 외에도 비상설 특위인 남북경제협력특별위원회, 저출산고령화

특별위원회, 4차산업특별위원회를 비롯해 당면한 현안 해결과 향후 대한민국의 미래를 고민하는 다양한 특별위원회가 설치되곤 한다.

국회법에 국회의원은 두 개 이상의 상임위원회에 속할 수 있다고 되어 있으나 실제 겸임 가능한 상임위는 운영위원회, 여성가족위원회, 정보위원회 등이다. 상임위는 17개로 ① 국회운영위원회, ② 법제사법위원회, ③ 정무위원회, ④ 기획재정위원회, ⑤ 교육위원회, ⑥ 과학기술정보방송통신위원회, ⑦ 외교통일위원회, ⑧ 국방위원회, ⑨ 행정안전위원회, ⑩ 문화체육관광위원회, ⑪ 농림축산식품해양수산위원회, ⑫ 산업통상자원중소벤처기업위원회, ⑬ 보건복지위원회, ⑭ 환경노동위원회, ⑮ 국토교통위원회, ⑯ 정보위원회, ⑰ 여성가족위원회 등이다.

국회의원의 실제 입법 과정을 간략하게 추리면 다음과 같다.

국회의원은 법안에 대한 연구와 실제 현장조사 등을 통해 법률 초안을 작성한다. 작성한 초안을 법제실로 보내면 문구 조정, 내용 등에 의견을 준다. 관련기관이나 개개인의 의견을 듣고 반영하여 수정한 후 법률안을 제출한다(국회예산정책처에서 법률안 시행 시 예상 소요 비용을 추계하는 과정을 거친다).

법률안 제출을 위해서는 의원 10명 이상의 동의가 있어야 한다. 가끔 자신이 어떤 법안에 동의했는지 몰라 본회의장에서 반대하는 해프닝이 벌어지는 적도 있어, 나는 내가 제출한 법안이 본회의에서 의결될 때 공동발의를 해준 의원들에게 의결된다는 것을 미리 문자로 알려준다. 발의된 법률안은 해당 상임위원회에 회부되어 상임위원회 전체회의에서 의결한 후 해당 상임위의 법안심사소위원회로 넘어간다. 법률안은 법안심사소위원회에서 문구를 수정하고 내용을 조정하는 등의 심사 과정을 거친 후 의결된다. 소위원회에서 의결된 법안은 다시 상임위원회 전체회의로 넘어가 의결된다. 해당 상임위원회에서 의결된 법안은 법제사법위원회로 넘어간다. 법제사법위원회 제1소위원회에서는 법사위 고유 법안을 다루고, 제2소위원회에서는 타 위원회의 법안 체계와 자구를 심사한다.

법사위로 온 각 상임위 법안이 법사위 전체회의에 상정되어 별다른 문제가 없으면 바로 통과되는데, 문제가 제기되면 다른 상임위 법을 다루는 제2소위원회로 넘어간다. 다른 상임위의 많은 법안들이 제2소위원회에 계류되어 본회의에 회부되지 못하는 상황이 비일비재하다. 해당 상임위원회에서 의결된 법안이 법제사법위원회에서 합의되지 않으면 법안은 그대로 법사위 제2소위원회라는 블랙홀에 빠진다.

정치적인 이유로 법안 통과라는 합의에 이르지 못하는 경우도 없지 않기 때문에 법제사법위원회의 역할에 대한 의견이 분분하다. 과거 법률 전문가가 많지 않았던 시절에 정했던 법제사법위원회의 역할을 이제는 각 상임위원회 전문위원이나 국회법제실 등에서 충분히 해내고 있다. 기능을 구체적으로 명문화해 역할을 엄격하게 제한해야 한다든지, 체계나 자구 심사만을 위한 별도의 독립기관이 있어야 한다든지 하는 대안이 제시되고 있다.

본회의에 상정된 법안은 큰 문제가 없을 경우 표결 절차를 거쳐 통과된다. 각 법안의 상임위와 법사위를 거쳐 통과된 법안이기 때문에 믿고 하는 경우도 있고, 수없이 본회의에 상정되는 법안을 다 살펴볼 수 없어서 특별하게 문제가 있다고 사전에 확인된 경우가 아니면 본회의에 상정된 법안은 대부분 통과된다. 그러나 법안에 문제가 있다고 생각하면 본회의에서 반대 토론을 신청할 수 있다. 그리 많은 경우는 아니지만 20대에서도 반대 토론으로 부결된 법안이 있다. 통과된 법률은 사무처 의안과에서 최종적으로 자구를 정리하고 정부에 이송하며, 정부는 국무회의 의결을 거쳐 공포한다. 이 과정에서 대통령이 거부권을 행사할 수도 있다.

대한민국 입법부의 수장인 국회의장은 의원 수가 제일 많은 제1당에서 추천해 본회의에서 의결한다. 국회의장은 국가 의전 서열 2위다. 의장에 선출되기 위해서는 자기 당에서 선출되는 게 중요해서 치열한 당내 선거를 치러야 한다. 각 의원을 개별적으로 또는 집단적으로 서너 번씩 만난다. 만나고, 또 만나고, 또 만난다. 유권자만 다른, 국회의원 선거의 연장 같다. 아직 우리나라는 의장도, 부의장도 여성이 된 적이 한 번도 없다. 여성 의원이 17%에 지나지 않는 현실에서 무리한 기대인지도 모르겠다. 여성 다선 의원이 많아지고, 의장도 부

원내대변인 브리핑
2019년 5월 더불어민주당 원내대변인으로 임명되었다. 국회 본청 정론관에서의 브리핑은 어느덧 일상이 되었지만, 늘 그렇듯 긴장된다.

의장도 꿈꿔볼 수 있어야 진정한 성평등 국회라 말할 수 있지 않을까?

원내대표 선거도 비슷한데, 원내대표는 말 그대로 국회 안의 모든 일을 책임지기 때문에 매우 중요한 자리다. 특히 여당 원내대표는 청와대, 정부와 함께 국정 운영을 책임지는, '대한민국을 디자인하는' 사람이다. 사실 이런 설명은 나처럼 정치권을 통 경험하지 못한 사람에게나 필요한 설명이다.

국회 의사일정과 운영 등은 교섭단체를 중심으로 이루어진다. 교섭단체는 소속 의원 20인 이상의 정당이나 다른 교섭단체에 속하지 않는 20인 이상의 의원으로 구성되며 국회 활동을 효율적으로 수행하기 위해 구성하는 원내정당 또는 정치단체를 말한다. 국회 운영 등이 교섭단체 중심으로 진행되니 교섭단체가 아닌 정당은 모든 국회 운영에서 배제된다. 이에 대해 정의당 등 소수 정당의 지속적인 문제 제기가 있다. 교섭단체는 주체적으로 전체 국회 운영을 하며, 동시에 각 상임위 역시 각 교섭단체 간사들이 합의해 운영한다. 이 때문에 교섭단체인가 아닌가는 국회 운영에 주체적으로 참여할 수 있는지를 가르는 매우 중요한 사안이다.

각 상임위의 입법지원조직 중 국회 소속기관은 사무처, 국회도서관, 예산정책처, 입법조사처가 있다. 사무처는 국회의 입법, 예산·결산 심사 등의 활동을 지원하고 행정사무를 처리하며, 예산정책처는 국가의 예산, 결산, 기금 및 재정 운용과 관련된 사항을 연구·분석하고 평가하며 의정 활동을 지원한다. 입법조사처는 입법 및 정책과 관련된 사항을 조사하고 연구하며 관련 정보 및 자료를 제공하는 등 입법 정보 서비스와 관련된 지원을 한다. 입법 지원 기관 중 도서관이나 입법조사처는 법안에 대한 연구와 입법 관련 정보 및 자료 수집, 법률안의 작성 등 기본적이고도 중요한 역할을 한다.

국회에 있는 기관들을 잘 활용하면 의정 활동에 큰 도움이 된다. 나는 입법조사처의 도움으로 발의하려는 법안의 외국의 입법례나 비슷한 법안에 대한 의견을 들을 수 있었다. 예산정책처에서 진행하는

지역 사무실에 있는 '민유방본' 액자
정치사상으로 흔히 사용되는 민본사상의 '민본'은 '민유방본(民惟邦本)'의 줄임말로, 백성이
나라의 근본이라는 뜻이다.

예산 공부를 전체 의원들과 함께 하기도 하지만, 필요하면 따로 과외
도 받을 수 있다. 나는 과외를 받았다. 이 모든 것이 의원의 의정 활
동을 지원하기 위해 마련된 것이다.

국회의 행정부 예산·결산 심사

국회의 중요한 역할 중 하나가 행정부의 예산·결산 심의다.

나는 2018년 하반기부터 2019년 상반기까지, 국회의원 3년 차에
국회예산결산특별위원회 위원으로 활동했다. 이 예결특위는 정부의
예산을 심의하는 국회 기구로, 나는 2019년도 예산 530조 원을 심의·
의결하는 데 참여했다. 예결특위는 모든 국회의원들이 다 들어가고
싶어 하는 특별위원회다. 우리 당은 지역과 상임위, 선수(국회의원 당선

횟수) 등을 고려해 예결특위 위원을 선정한다. 물론 지역의 필요에 의해 강력하게 요청하는 의원들이 포함되기도 한다. 옛말에 "우는 아이 젖 준다"고 하지 않는가. 정부가 편성한 다음 해 예산안은 각 상임위원회로 보내진다. 예산안이 각 상임위 예산결산소위원회와 상임위 전체회의에서 통과하면 예결위로 이관된다. 물론 모든 의원의 관심은 결산보다는 예산에 쏠린다. 내년도 예산안에 대해 대통령이나 국무총리가 국회 본회의장에서 국회의원을 대상으로 필요성을 설명하는데, 이를 '시정연설'이라고 한다. 그리고 예결특위에서 집중 논의가 시작된다.

예산은 한 달 정도 집중 논의하게 되는데, 종합 정책 질의와 경제 및 비경제 분야를 나눠 정책 질의를 한다. 이때 지역구 의원들은 지역 관련 예산에 대해서 질의해 눈총을 사기도 한다. 예결특위 위원이 되는 것도 의미가 있지만 예결위 소위원회 위원이 되면 그야말로 정부의 모든 부처 장차관과 예산 담당자들이 찾아와 자기 부처의 예산이 감액되지 않게 하기 위해, 또는 증액하기 위해 각 사업의 필요성을 피력하며 치열하게 로비한다. 그렇지만 최근 들어 이른바 위원들도 정리하지 못하는 문제는 소소위라는 이름으로 교섭단체 원내대표단과 예결위 간사들만이 포함되는 곳에서 정리하기도 한다. 흔히 세금을 "국민의 피 같은 돈"이라고 일컫는다. 그 표현대로 국회는 정부가 예산을 제대로 세우고 집행하는지 더 촘촘하게 모니터링할 필요가 있다고 생각하는 것은 나만이 아니리라.

2019년 11월 현재 우리나라 국회의원은 지역구 의원 250명과 비례대표 의원 47명 등 총 297명이 있다.

국회의원의 핵심 역할은 법률안을 발의하는 입법 활동이다. 국회의원들은 상임위원회 입법 활동뿐만 아니라 국정조사위원회, 특별위원회 활동을 통해 관심 영역을 넓힐 수 있고 다양한 업무를 통해 기관이나 단체에 속한 사람들을 만날 수 있다.

'국회의원'이라는 특별한 이름으로 다른 무엇을 어떻게 했어야 했을까? 요즘 드는 생각이다. 국회의원으로서의 4년을 돌아보면 정신없이 치열하게 살았고 성과도 많았지만, 뭔가 아쉬움이 밀려온다. 어쩌면 지난 4년은 그동안 살아온 나의 숙제들을 조금씩 해결한 시간이었던 것 같다.

그러나 '국회의원'이라는 이름으로 더 새로운 일, 더 많은 일에 도전할 수 있지 않았을까 하는 아쉬움이 있다. 처음 국회의원이 되고나서, 한 의원의 질문을 받았다. "국회의원이라는 이름으로 무얼 하고싶으냐?"라고. 국민의 대표로 국가를 위해, 국민을 위해, 나를 위해 뭔가 더 새로운 것을 시작했어야 하지 않았을까. 나를 다시 돌아본다.

나는 보건복지위원회와 여성가족위원회 상임위 활동 외에 2016년 '국회 가습기살균제 사고 진상 규명과 피해 구제 및 재발 방지 대책 마련을 위한 국정조사특별위원회', '헌법개정특별위원회', '헌법 및 정

민생 입법 처리 국회 정상화를 위한 농성

2019년 여름 더불어민주당 을지로위원회 소속 의원들과 원내 지도부가 민생 입법 통과 및 국회 정상화를 위해 국회 본청 복도에서 농성을 벌였다. 앞줄 왼쪽부터 서영교·박홍근·남인순 의원, 뒷줄 왼쪽부터 김영호·이인영·빅찬대 의원 그리고 나 정춘숙이다.

치개혁 특별위원회'에서 위원으로 활동했다. 국정조사는 특별한 사안에 대해 국회가 조사권을 가지고 국정을 조사하는 것으로, 예를 들면 가습기살균제 사건이나 박근혜·최순실 국정 농단 사건같이 규모나 사회적 파장이 큰 경우 교섭단체 간 합의로 특별히 설치하여 운영한다. 국정조사 기간, 조사 범위, 참여 인원 등이 협의의 대상이고, 재판과 진행 중인 범죄 수사 소추에는 간섭할 수 없다. 조사가 끝난 후에는 보고서 등을 채택하기도 하는데, 국정조사가 정쟁의 속성이 많아 보고서 채택까지 완결된 경우는 그리 많지 않다. 매우 안타까운 일이다.

국회의원 연구 단체, 의원외교 등 배움의 기회도

'국회의원 연구 단체'라는 제도가 있다. 국회의원 10명 이상이 연구 단체를 만들어 특정 분야의 전문가를 초청해 깊이 있는 학습을 하거나 함께 연구를 할 수도 있다. 20대 국회의원이 되고 첫 의원총회 때부터 선배들의 의원 유치전이 치열했는데, 처음에는 뭔지 몰랐다가 나중엔 10명의 의원들을 모시느라 애를 먹었다. '국회의원 연구 단체'에는 사무처에서 매년 연구 기금으로 1500만 원 정도를 지급한다. 연구 단체는 반드시 여야 의원이 함께 참여하도록 되어 있다. 나는 '아동·여성·인권정책포럼'을 만들어 오래전부터 함께 일했던 우리 당 권미혁 의원, 바른미래당 김삼화 의원과 함께 공동대표를 맡았다. 우리 당 강훈식 의원이 연구 책임을 맡고 있다.

국회에서는 매년 우수 연구 단체 시상을 하는데, 우리 단체는 3년 연속 우수국회의원연구단체 상을 수상하기도 했다. 이렇게 상을 타기까지 보좌진은 연구 단체를 운영하고 연구 실적을 제출하는 또 다른 업무에 시달린다.

국회에서 지원받지 않는 포럼도 만들 수 있다. 나는 '일·생활 균형 및 일하는 방식 혁신을 위한 국회 포럼(워라밸 국회 포럼)' 공동대표로 있다. '을지로위원회'에도 참여하고 있는데 을지로위원회는 '민생 현장으로 달려간다'라는 게 기본 취지이다. 나는 의원이 되자마자 을지

2017·2018·2019 우수국회의원연구단체 수상

'아동·여성·인권정책포럼'을 만들어서 공동대표를 맡았는데 의정 활동 첫해부터 계속 우수국회의원연구단체로 선정되어 상을 받았다.

로위원회와 함께 대한항공 청소 노동자를 만나기 위해 방문하고 그 문제를 해결했다. 을지로위원회는 '을을 지키는 모임'이라는 뜻으로 소상공인, 프랜차이즈 등 민생을 챙기는 데 관심을 갖고 활동한다.

국회의원들은 국회의 공식 모임 외에 학습을 위해, 친목을 위해, 또는 정보를 함께 나누기 위해 각종 모임을 만든다. 나는 '더 좋은 미래'라는 의원 모임에 참여한다. 20대 의원이 되자마자 선배로부터 모임에 가입하라는 제안을 받았다. 시민사회운동을 함께 했던 사람들이 모여 공부도 하고, 정보도 나누는 모임이다. 매주 수요일 만나 공부도 하고, 현안에 대한 의견을 내기도 하며, 선배들의 경험을 통해 지역구

의원으로 출마할 준비도 한다.

그 외에도 '민평련(경제민주화와 평화통일을 위한 연대)' 활동을 같이 하기도 하고 월요일 조찬 모임, 수요일 오찬 모임 등 이름 없는 모임들도 있다. 이런 각종 모임을 통해 나는 배경이 다른 다선·초선 의원들과 교류했고 새롭고 다양한 경험을 배웠다.

국회의원이 되면 의원외교도 해야 할 역할 중 하나이다. 등원한 후 각자 의원외교를 하고 싶은 대상 국가를 정하는데, 초선이 자기가 원하는 나라를 배정받기는 쉽지 않다. 주요국은 다선 의원들이 회장, 재선 의원이 부회장을 맡는 경우가 많다. 그 외 나라들은 선수가 좀 낮아진다. 나는 벨라루스 부회장으로, 회장인 이원욱 의원을 모시고(?) 벨라루스·투르크메니스탄·아제르바이잔을 방문한 바 있다. 표면적으로 매우 멋져 보일 수 있으나, 실제 의원들이 가서 하는 일은 주로 우리 대사관이나 교민, 현지 우리 기업체의 민원을 해결하는 일이다. 예를 들면 1주일짜리 무비자 방문을 2주일로 늘려달라거나, 원유 가격 하락으로 받지 못한 공사 대금을 우아하게 받아달라거나, 방문국의 주요 공사에 우리 기업체가 참여할 수 있게 해달라는 것 등이다. 그 외에도 우리의 건강보험 시스템을 수출하거나, 해외에서 사업을 펼치고 있는 우리 기업을 격려차 방문하기도 한다. 대부분의 사람이 해외에 나가면 절로 애국자가 된다고 하는데, 하물며 국회의원이 의원외교로 타국을 방문하면 말해 무엇 하랴.

그 외에 국회의장 해외순방에 동행하거나 대통령 특사 등으로 의원 외교를 펼칠 수 있다. 하지만 여성 의원이 해외순방에 참여하는 경우는 흔치 않다. 국회의원이 된 지 얼마 지나지 않아 선배 의원과 국회의장을 뵐 기회가 있었는데, 그 자리에서 선배 의원이 국회의장 해외순방에 여성 의원들도 함께 갈 수 있게 기회를 달라고 요청했다. 그때는 그게 무슨 말인지 알지 못했다. 그러나 돌이켜 보면 국회의장 해외순방이나 대통령 특사로 외국을 방문하는 것은 전혀 다른 경험이 될 것이기 때문에 의미 있는 것이리라. 아쉽게도 나는 한 번도 기회를 얻지 못했다.

한일의원연맹을 비롯해 중국, 미국과의 의원외교 팀이 있다. 일본의 수출규제나 중국의 사드 문제, 북·미 대화 등 외교의 중요성, 의원외교의 가능성과 필요성이 더욱 강화되고 있다. 더욱이 신뢰를 바탕으로 한 의원외교가 하루아침에 만들어질 수 있는 것이 아니기 때문에 여성 의원들의 의식적인 교류가 필요하다.

내가 특별히 챙기는 국제회의가 있다. 여성 유엔총회라고도 불리는 '유엔 여성지위위원회(Commission on the Status of Women)' 회의이다. 매년 3월 뉴욕에서 열리는 이 회의는 정부 간 회의가 중심이지만, 입법부의 역할도 매우 중요하기 때문에 국회의원 회의를 국제의원연맹(IPU: International Parliamentary Union)과 함께 개최한다. 세계 각국의 여성 문제 현황과 대응을 알 수 있고, 국제사회에서 여성 국회의원들의 의원외교가 펼쳐지는 장이기도 하다. 2017년 2월경 우연히 이

회의가 열린다는 것을 알았다. 의원이 되기 전부터 관심을 기울여왔던 회의였는데 국회에서는 아무런 안내가 없었다. 확인해 보니 2016년엔 총선으로 회의에 참석한 사람이 없었고, 20대에 들어서도 누구도 챙기지 않았다. 나는 국회의장을 찾아 회의 참가의 필요성을 강조했고 결국 급히 회의 참가가 결정되었다. 이후 매년 회의를 확인했고, 내가 아니더라도 누구든 회의에 참석하기를 독려하고 있다.

국회의원들의 해외 출장에 곱지 않은 시각이 있다. 그동안의 해외 출장이 외유(外遊) 성격이었기 때문이리라. 그러나 최근 국회의원들의 해외 출장은 업무의 연속인 경우가 많다. 국회의원들은 새로운 것을 많이 보고 배워야 한다. 그래서 대한민국을 좀 더 새롭고 지속 가능한 사회로 만들어야 한다.

나는 사회의 중요한 의사결정 구조에 있는 사람들은 배우는 것을, 공부를 게을리해서는 안 된다고 생각한다. 왜냐하면 그가 보는 것이, 그가 아는 것이, 그 수준 그대로 우리 사회에 영향을 주기 때문이다.

국회에서 아주 쉽게 공부할 수 있는 방법이 있다. 국회에서는 토론회가 계속 개최된다. 토론회에 가서 주제 발표만 듣고 와도 그 토론회에서 제기되는 문제를 대강은 알 수 있다. 가서 앉아만 있어도 주요 내용은 물론이고 반대 논리도 배우니 가성비가 매우 높은 학습의 장이다.

토론회는 국회의원의 필요에 따라 기획되기도 하지만 해당 분야 기관, 업계, 시민단체 등 외부의 요청에 따라 열리는 경우가 많다. 의

2017년 3월 20일 미국 뉴욕에서
열린 유엔 여성지위위원회 회의
에서

용기 있는 소녀상 옆에서
'용기 있는 소녀상'은 미국 뉴욕 월
스트리트 증권거래소 앞 한복판에
서 있는 황소상 맞은편에 있다.
발 아래에는 "KNOW THE POWER
OF WOMEN IN LEADERSHIP. SHE
MAKES DIFFERENCE(여성 리더십의
파워를 알라. 그녀가 차이를 만든다)"
라는 문구가 있다.

원들은 각각 다양한 주제의 토론회를 통해 그 주제에 대한 각계의 연구 내용과 의견을 모은다. 토론회는 매우 중요하다. 법안 제정을 위한 주요 자료가 이러한 토론회를 통해 만들어지기 때문이다.

나는 요즘 지역구 출마를 준비하면서, 많은 경우 자신의 감정을 드러내지 않아야 하는 국회의원이야말로 최고의 감정노동자라고 생각한다. 또한 어떤 상황도 이겨내야 하는 강한 정신력과 그 모든 것을 뒷받침하는 체력이 필수라는 것을 뼈저리게 느낀다.

'국회의원'은 '공인'으로 산다는 것에 대한 이해가 있어야 한다. 보통 사람들이라면 쉽게 할 수 있는 행동도, 항의도, 질문도 생각 또 생각해야만 한다.

국민의 대표로 말과 행동과 생각에 '국민을 위해서'라는 관점을 반영해야 한다. 나는 정치인들이 국민을 위해 '봉사'하겠다고 할 때, 속으로 '아니 월급 받고 일하는데 무슨 봉사야'라고 생각했다. 그러나 그건 잘못된 생각이었음을 깨달았다. 자신의 이익이 아니라 공익을 위해 일하고, 국민과 국익을 먼저 생각하는 것, 그것이 국회의원이 할 일이다.

국회의원 선서는 국회의원이 누구인가를 말해준다.

"나는 헌법을 준수하고 국민의 자유와 복리의 증진 및 조국의 평화적 통일을 위하여 노력하며, 국가 이익을 우선으로 하여 국회의원의 직무를 양심에 따라 성실히 수행할 것을 국민 앞에 엄숙히 선서합니다. 2016년 6월 13일 국회의원 정춘숙."

당 조직과 특별위원회

국회의원에게는 '국회'라는 조직과 함께 본인이 속한 '당'이 매우 중요한 활동 무대이며 자원이다. 나는 때로 내가 더불어민주당 국회의원이라는 것을 다행스럽게 여긴다. 당에 대한 무조건적 충성심이 아니다. 부족한 점이 많지만 우리에게는 힘들고 어려운 사람들과 함께하려는 국회의원이 많다. 취임사에서 국민이 겪을 고통을 생각하며 눈물을 삼키며 목이 메었던 김대중 대통령이 있었고, 상식이 통하는 사회를 위해 헌신한 노무현 대통령도 있었다. 깨어 있는 시민들의 행동하는 양심이 민주주의 최후의 보루이다.

당 조직을 간단히 살펴보면, 당에는 당대표와 원내대표가 있다. 당대표는 중앙당과 시도당을 포함한 당 전체를 총괄해 대표하며 당에서 일어나는 모든 일을 관장한다. 원내대표는 국회의원을 대표하는 역할로 상임위를 정하고 국회 내에서 일어나는 일들을 담당한다.

당직자들은 당대표, 비서실장, 사무총장, 사무부총장(제1부총장, 제2부총장), 대외협력위원장, 홍보위원장 등으로 구성된다.

나는 2017년 6월부터 2018년 8월까지 대외협력위원장을 맡았고, 현재는 더불어민주당 원내대변인, 민주연구원 이사, 검찰개혁특별위

더불어민주당 지방혁신균형발전추진단 발대식에서(2018년 11월 20일)

원회 위원, 유치원 어린이집 공공성 강화 특별위원회 위원, 지방혁신
균형 발전추진단 추진위원, 경기도당 자치분과위원회 위원장을 맡고
있다.

한 사람이 한꺼번에 이렇게 많은 일을 맡고 있으니 과부하가 걸릴
수밖에 없다. 당에서의 역할뿐 아니라 국회 활동 역시 보건복지위원
회 위원이면서 여성가족위원회 간사이며, 헌법개정특별위원회 위원
이니 몸이 10개라도 부족하다.

내가 원해서 하는 일도 있지만, 당이나 원내에서 요청해서 하는
일도 많다. 국회의원은 상임위에서 회의만 하고 있는 걸로 알지만 같
은 시간에 회의가 겹치는 일도 비일비재해, 그 자리에는 없어도 다른

자리에서 다른 일을 하고 있는 경우가 보통이다. 그런데도 일 안 하는 국회라는 국민의 질타를 들으면 한편으로는 속상하고, 한편으로는 우리 정치를 돌아보게 된다. 왜 이렇게 되었을까? 정치에 대한 국민의 불신이 매우 깊다. 정치의 중요성을 생각해 보면 참으로 안타까운 일이고, 정치인의 한 사람으로서 국민께 죄송스럽다. 어떻게 해야 이 문제를 해결할까? 내게 또 다른 숙제가 생겼다.

당에서는 특별위원회를 설치해 활동하기도 하는데, 이는 당이 필요해서 설치하기도 하고 의원 개인이 설치를 요청해 당에서 승낙하는 형식을 취하기도 한다. 나는 여성에 대한 폭력 문제가 심각하고 이를 지속적으로 모니터링할 필요가 있다고 생각해 '여성폭력근절 특별위원회' 설치를 요청했다. 법제사법위원회, 행정안전위원회, 여성가족위원회, 문화관광위원회, 교육위원회, 과학기술정보방송통신위원회(과방위) 위원들에게 함께 해줄 것을 요청해 승낙을 받았다. 나중에 안 사실이지만, 우리 당이 여당이어서 각 부처에서 특위에 보고도 하고 지시도 받는다. 아무튼 하고자 하는 일이 있으면 어떻게든 이루어낼 수 있다는 것을 배우기도 했다. 그런데 그 경로를 알기가 쉽지 않았다.

사실 나는 국회에 들어가면서부터 당에서 일하고 싶었다. 나는 원래 조직 운동을 했던 사람이고, 더불어민주당이라는 커다란 조직을 변화시키면 대한민국을 변화시킬 수 있다는 야심 찬 꿈이 있었다. 그러나 경험이 부족한 초선 의원으로서 국회 일정을 따라가기도 버거웠

더불어민주당 의원들을 대상으로 한 성평등 교육
2018년 2월 28일 더불어민주당 국회의원들에게 '지속가능한 세상을 원한다면'이라는 주제로 성평등 교육을 했다.

다. 당 대외협력위원장과 여성위원회 여성리더십센터 소장을 지냈지만, 당 운영에 대한 이해는 표피적 수준이었다. 아쉬운 대목이다.

　나는 의정 활동을 하면서 나의 여성주의적 관점이 의정 활동에는 물론이고 당에도 도움이 되리라고 생각했다. 물론 이 생각은 지금도 변함이 없다. 내가 지난 20여 년 동안 배우고 익혀왔던 여성주의는 여성 개인의 권리를 위해서뿐 아니라 우리 공동체의 지속 가능성과 인권 향상으로 연결된다는 믿음이 있기 때문이다.

　2018년 봄 우리 사회를 강타한 미투(#Metoo) 바람은 우리 사회를 긴장시켰고, 우리 모두에게 새로운 관점과 태도를 요구했다. 국회도 예외는 아니었고, 우리 당은 주변의 관심과 압력(?) 속에 소속 국회의원을 대상으로 성평등 교육을 실시하기로 했다. 당시 원내대표단은 내게 "본인이 직접 하든가 강사를 모시든가 알아서 해달라"라고 요청했다. 나는 잠시 고민했지만 직접 하기로 했다. 그것은 2016년 20대 국회가 시작되자마자 진행한 성평등 교육에 외부 전문가가 와서 강의했지만, 100명 가까운 국회의원들의 기에 눌려 제 기량을 발휘하지 못하는 것으로 보았기 때문이다. 실은 나는 명강사이기도 하다.

내 강의의 제목은 '지속가능한 세상을 원한다면'이었다. 80여 명의 우리 당 국회의원이 강의를 들었다. 처음에는 강의를 들어야만 한다는 것에 불만을 토로하던 의원들도 나중에는 내 강의에 대해 호평했다. 그건 같은 국회의원으로서 국가의 미래와 자신들의 책무를 수용성 높게 설명했기 때문이다. 이 강의를 하면서 나는 무척 뿌듯했고, 당시 기자들 사이에서도 화제가 되기도 했다.

나는 역사의 진전을 믿는 사람이다. 세상이 단번에 변하지는 않는다 해도 우리 사회가 앞으로도 정의, 평등, 평화의 방향으로 변화하고 발전할 것이라 믿는다. 그래야 더 많은 사람이 좀 더 인간답게 살 수 있기 때문이다.

나는 나의 경험을 통해 사회적 소수자의 의회 진출이 얼마나 중요하고 필요한지 실체적으로 느끼고 있다. 사회적 소수자의 의회 진출은 의회 안에 그들의 목소리가 들리게 할 뿐 아니라 우리 사회를 더욱 풍부하게 하고 인권 감수성을 높인다. 함께 사는 사회를 이루기 위해 반드시 필요하다고 생각한다. 그런 면에서 보면 20대 국회는 매우 부족했다. 일례로 장애인 비례대표가 어느 당에도 없다. 이는 사회적 소수자를 배려하려는 노력이 없었음을, 또 정치가 우리 사회의 주류만 대변하고 있는 것은 아닌지 돌아보게 한다.

국회의원으로서 나의 하루는 매우 길다. 보통 새벽 5시 30분에 집을 나선다. 지금은 원내대변인이기 때문에 국회에 도착해 하루 일정을 소화할 준비를 한다. 아침 7시 30분 조찬 모임에 참석한다. 국회의원들은 서로 시간을 맞추기 어렵기 때문에 대체로 회의나 모임을 조찬을 하며 진행한다. 업무가 시작되는 오전 8시 30분부터는 최고위회의나 원내대책회의 등 오전 회의를 진행한다. 오전 10시부터는 상임위원회, 법안소위원회가 열리고, 당정청협의회, 의원총회, 당 특별위원회, 정책토론회, 간담회 등의 일정이 종일 이어진다.

나의 경우 여성운동을 하며 조직 활동을 통해 학습하고 훈련했던 것이 의정 활동에 기반이 되고 있다. 국회의원은 살아 있는 헌법 기관으로서 책임감 있게 일을 해야 한다는 것을 절감한다.

국회의원은 공익과 공공성에 대한 이해와 존중, 헌신이 있어야 한다. 의정 활동을 수행하려면 정책적 판단과 정무적 판단이 균형을 이루어야 한다. 지금 어떤 이슈에 대해 국민의 수용성이 높은지를 정무

DMZ 통일 걷기 행사

매년 여름마다 비무장지대(DMZ) 통일 걷기 행사를 개최하는 이인영 더불어민주당 원내대표와 함께 DMZ를 방문했다.

끊어진 철길 금강산 90km

강원도 철원군에 있는 금강산 전기철도 교량이다. 1926년에 축조된 교량으로 철원역에서 출발해 내금강까지 총연장 116.6km를 1일 8회 운행했다. 등록문화재 112호로 지정된 이 교량은 금강산 전기철도의 흔적을 간직하고 있어 남북 분단의 현실을 상징적으로 보여준다.

대통령 선거를 앞두고 당시 문재인 후보와 함께(2017년 4월 14일)

적으로 판단하고, 어떤 정책 문제가 우선 해결되어야 하는지를 예의
주시해야 한다. 상임위 전문위원이나 당의 전문위원을 통해 법률을
검토하고, 상임위 간사를 맡아 위원회 운영, 의사일정 확인, 법안 제
출, 당대표 위원회 위원 등을 이끌며 경험을 쌓는 것이 중요하다.

내가 국회의원이 돼서 달라진 점은 세상 모든 일이 내 걱정이 된
것이다. 과거에는 여성 문제나 내 활동과 직접 관련된 문제에만 관심이
있었다면, 이제는 가뭄이 들어도, 장마가 져도, 아프리카돼지열병이 번
져도……. 아마 대한민국이라는 공동체에 대한 책임감 때문이리라.

내가 사무국장으로 근무하던 우리 단체의 대표 신혜수 선생님께

2017년 대통령 선거를 앞두고 지지 연설을 하는 모습
추미애 당대표(왼쪽)와 함께

대통령 선거를 앞두고 선거 유세 무대에서

서는 내게 사람에 대한 측은지심(惻隱之心)이 있어야 한다고 말했다. 선생께서는 30대인 내게 칼날같이 옳고 그름을 가리는 것보다, 더 중요한 것은 사람에 대한 사랑과 관용(tolerantia)임을 강조했다. 그때는 전혀 받아들일 수 없었지만 이제 그 말을 이해할 수 있게 되었다. 나도 여성운동을 시작하던 초기 10년이 투쟁의 시기였다면 그 이후는 세상을 포괄적으로 이해하는 시기였다. 사람들을 만나다 보면 때로는 이기적인 태도로 자신들의 요청을 전한다. 하지만 내용을 가만히 들여다보면 다 사정이 있고 그럴 만하다. 그래서 나는 가능한 한 태도와 내용을 분리해서 보려 한다. 그리고 그 사람의 처지에서 이해하려 노력한다.

우리는 법을 만들어 세상을 바꿀 수 있다. 나는 요즘 빈곤 문제에 관심을 두고 있다. 인간의 가장 기본적인 삶의 조건을 확보하는 문제는 구조적인 접근을 통해 가능할 것이다. 우리 사회시스템을 보완해서 적어도 굶어 죽거나, 돈이 없어 약이 있는데도 죽어가는 사람이 더는 없도록 해야 한다. 장애인이나 이주여성, 이주 노동자 문제도 삶의 경험에서 문제를 인식하고 해결의 방도를 찾아가고 있다.

나는 배우는 것, 특히 젊은이들에게 배우는 것을 두려워하지 않는다. 젊고 도전적인 여성들이 차고 넘치는 한국여성의전화에서 오래 지냈기 때문이 아닌가 싶다. 나는 처음 본 꼬마들에게도 반말을 잘하지 않는다. 인권과 평등은 모두 연결되어 있다. 다른 사람에 대한

존중, 새로움에 대한 호기심, 너그러움, 성실함 …….

좌충우돌 부딪치며 느꼈던 나의 이야기들이 국회의원이 되고자
하는 누군가에게 다소 부족할지라도 초보자용 매뉴얼 역할을 할 수
있기를 바란다.

일 잘하는 성실한 **개미 국회의원**
나의 **의정** 활동

20대 국회의원으로서 나의 의정 활동을 돌아보면, 제일 먼저 떠오르는 것이 박근혜 전 대통령 탄핵과 조기 대선이다. 아마 20대 국회의원이라면 대부분 국정 농단 사건과 박 전 대통령 사건, 촛불집회를 20대 국회 최대의 사건으로 꼽을 것이다. 아직도 재판이 다 끝나지 않은 박근혜·최순실 국정 농단 사건은 선출된 권력인 박 전 대통령이 자신의 권력을 공적으로 사용하지 않고, 아무런 자격도 없는 최순실에게 거의 위임하다시피 하여 국정을 소홀히 하고, 최순실은 자신과 딸을 위해 국가권력을 사적으로 사용한 것이다.

사실이 드러나면서 2016년 10월 말 이후 매주 토요일 광화문광장

박근혜·최순실 게이트 관련 대검찰청 앞 천막 농성
왼쪽 첫 번째가 강훈식 의원, 세 번째가 나 정춘숙, 네 번째가 이원욱 의원이다.

에서 촛불집회가 열렸다. "이게 나라냐", "박근혜 퇴진"…… 추운 겨울 밤을 밝히는 촛불이었다. 나도 매주 촛불집회에 참가했다. 광화문뿐 아니라 국회에서 매일 이어지는 집회와 박 전 대통령 탄핵소추안 가결을 앞두고 국회의사당 로텐더홀에서 여러 날 밤샘 농성과 필리버스터를 진행하기도 했다. 12월 9일 박근혜 대통령 탄핵소추안이 본회의에 상정되었다. 본회의를 앞두고 우리 당 의원들은 탄핵소추안이 부결될 것을 대비해 모두 사직서를 준비했다.

국회 앞에는 엄청나게 많은 시민들이 몰려와 탄핵소추안이 가결

박근혜 대통령 탄핵 집회를 하는 의원들(2016년 12월)
더불어민주당 의원들과 함께 국회 로텐더홀에서 박근혜 대통령 탄핵소추안 표결을 앞두고 박 대통령의 퇴진을 촉구하는 농성을 벌였다.

서울 광화문 일대에서 이어진 박근혜 대통령 퇴진 요구 집회(2016년)

국회 본회의에서 박근혜 대통령 탄핵소추안 표결 결과를 기다리는 의원들(2016년 12월 9일)

되기를 기다렸다. TV를 비롯해 모든 매체가 국회의 상황을 실시간으로 중계했다. 본회의장으로 들어가는 우리에게 시민단체 회원들이 장미꽃을 전해줬다. 떨리기도 하고 비장하기도 했다. 한 사람씩 비밀투표를 하고 결과를 기다렸다. 국회의장이 탄핵소추안 가결을 알리자 국회 안팎에서 환호와 탄성, 눈물이 쏟아졌다. 국민의 승리였고, 역사에 기록될 날이었다. 국회의원들끼리 "아마 우리 20대 국회는 역사에 길이 남을 것"이라 말하곤 했다.

나의 의정 활동은 사회복지 전문가의 전문 지식과 역량, 여성운동 활동가의 전문성과 현장 경험, 그리고 사회 변화를 이끌어내고자 했

국회의원이 된 후 청와대에서 대통령과 함께(2017년 여름)

던 운동가의 헌신이었다.

나는 어떤 정책이든, 어떤 법안이든 그 속에 포함된 사회경제적 소수자의 상황을 확인하려 노력했다. 내가 선택한 보건복지위원회 상임위에서 다루는 대상이자 주제이기도 했고, 지향하는 바이기도 했다.

나는 개원부터 2019년 9월까지 국회에서 제정과 개정을 포함하여 138건의 법률안을 대표 발의했다. 그중 56건이 국회 본회의에서 통과되었다. 총 150차례가 넘는 정책 토론회를 개최했다. 문제와 해법을 찾아내고 이를 정책화하기 위해 한눈팔지 않고 달려온 나를 한 언론사에서는 "일 잘하는 성실한 개미 국회의원"이라고 했다. 법안 발의 실적이나 회의 출석 등 다방면에서 성실한 자세로 임한다고 본 것 같다.

2019년 8월 말, 국회에서 열린 입법 및 정책 개발 시상식에서 최우수상을 받았다. '여성폭력방지기본법' 제정과 아동 수당의 보편적 지급을 위한 '아동수당법' 일부 개정안을 통과시키는 등 입법과 정책 활동의 노력을 인정받은 것이다. 국회의원 297명 중 6명이 수상했는데, 수상자들은 국회의장에게서 "노벨상 수준"이라는 농담 섞인 격려를 받았다.

상을 받으며 월화수목금금금…… 쉬지 않고 일한 지난 3년 반이 눈앞을 스쳐 지나갔다. 남들에게는 워라밸(work-life balance) 운운하며 삶의 질 제고를 끊임없이 외쳤지만, 정신없이 일하다 보니 최근에는 편안하게 쉬어본 적이 손에 꼽을 정도다. 하지만 일하면서도 어디선가

더불어민주당 원내대표단 초청
청와대 오찬에서(2019년 7월 23일)

기운이 솟았고 끝없이 해야 할 일이 떠올랐다. 매일 아침 차고 넘치는 의욕을 함께 나누며 감당해 준 보좌진에게 감사의 마음을 전한다.

나는 이 상이 유난히 자랑스럽다. 토닥토닥, '그래 수고했어' 하는 느낌이다. 2018년 7월 이후 지금까지 10개 이상의 상을 받았다. 특히 법률소비자연맹 주최로 국회 헌정기념관 대강당에서 열린 '제20대 국회 제3차 연도 의정활동종합평가회 및 국회의원 헌정대상 시상식'에서 헌정대상을 수상하여, 3년 연속 수상을 기록하기도 했다. 당에서 주는 국정감사 우수의원상도 3년 내내 받았다. 하지만 국회의원들에게 홍보성 상이 남발된다는 언론의 지적처럼 법안 발의 수처럼 양적인 측정에 따라 주는 상도 적지 않았다. 그러나 이번 상은 외부 전문가의 정성 평가를 통해 질적인 수준을 가늠한 결과라고 한다. 문희상 국회의장은 "이번 시상에는 예년과 다른 평가 기준을 도입했다. 입법의 질적 내실화에 집중하기 위해 정량 평가 및 정당 추천 부문을 폐지했다"라며 "이는 민심과 동떨어진 입법이나, 입법을 위한 입법에 대한 문제의식을 반영한 것으로 입법의 질적 완성도 면에서 훌륭한 성과를 나타낸 국회의원들의 노고를 널리 알리기 위한 제도적 개선이다"라고 강조했다. 국회의원이라는 책무를 더 소중히 여기며 힘들어하는 국민이 없는지 살피고, 잘못된 정책은 없는지 철저히 감시하며, 최선의 대안을 만들어내는 국회의원이 되어야겠다고 다시 한번 다짐해 본다.

정치는 우리의 삶 자체이다. 나는 가난하고 힘없는 사람들의 힘이 되는 정치를 하고 싶다. 힘 있고 돈 있는 사람은 자신에게 필요한 것을 스스로 해결할 능력이 있지만 가난한 사람, 소외된 사람, 사회적 소수자는 그렇지 못하다. 그런 사람들에게 사회의 자원을 공평하게 나눠주는 정치가 절실하다. 이런 생각은 새삼스러울 것 없는 나의 삶 그 자체이다.

나는 의정 활동을 하며 사회적 소수자들을 포함한 국민의 삶의 질을 어떻게 향상시킬 수 있을지 골몰했다. 의정 활동은 보건복지 관련 입법과 정책 입안, 여성·가족 입법과 정책 입안, 국정조사 특별위원회 활동으로 이루어졌다. 무엇보다 이 같은 고민을 대한민국의 근본법인 헌법의 10차 개헌을 위해 설치된 '헌법개정특별위원회'와 '헌법 및 정치개혁특별위원회'에 참여해 개진할 수 있었다.

헌법개정특별위원회는 2017년 1월 활동을 시작되었다. 내가 활동한 두 특별위원회는 헌법 개정 30주년이기도 하고 대통령 공약 사항인 데다, 그간 국회의장과 200명이 넘는 의원들이 함께 발의한 것이어서 매우 중요한 특별위원회였다. 다루는 문제도 대한민국의 모든 문제와 세력이 망라되는 것이었다. 일주일에 1회 이상 전체회의를 했고 전체회의 전에 사전 회의를 진행했다. 헌법개정특별위원회는 18, 19대 국회에서 생산한 개헌안을 리뷰하는 것으로 시작해 정부 각 부처와 관련 단체, 개개인의 의견을 청취했다. 그뿐만 아니라 시민·사회 단체들은 각종 헌법 관련 토론회를 개최해 새 헌법에 담아야 할 내용을 제안하기도 했다.

　첫 회의의 감동과 설렘을 지금도 기억한다. 대한민국의 새로운 기틀인 헌법을 개정하는 곳에 참여할 수 있다니! 정말 책임감과 자부심이 넘쳐흘렀다. 참여한 여야 의원 모두의 얼굴에서, 발언에서 그러한 심정을 느낄 수 있었다. 헌법개정특위에 많은 의원이 지원했고, 왜 자신이 이 위원회에 참여해야 하는지도 지원서에 써내고 원내대표에게 로비를 하기도 했다고 한다.

　우리 당 헌법개정특별위원회 간사를 3선의 이인영 의원이 맡았는데 이는 매우 이례적인 일이다. 보통 상임위 간사는 재선 의원이, 특별위원회 간사는 재선이나 초선이 맡는 것이 관례였던 것에 비춰보면 헌법개정특별위원회의 위상을 알 수 있었다. 전체회의는 최소 1주에

한 번은 열렸고 전체회의와 달리 소위원회 회의와 우리 당 사전 회의가 열렸다. 회의로 점철된 시간이었다. 40명이 넘는 대규모 위원회였으며 전문적인 자문위원단이 꾸려졌고, 기본권, 정부 형태를 집중 논의할 소위원회도 따로 구성했다.

나는 기본권소위원회에 속해 여성과 아동 소수자들의 권리에 관한 논의를 이끌었다. 각 주제에 대한 공청회 날짜도 속속 잡혔다. 18세로 선거권 하향, 새로운 시대에 맞는 환경권에 대한 논의, 지방분권 강화, 대통령제, 이원집정부제, 내각제, 정당·선거제도, 사법부(법원·헌법재판소), 검찰권에 대한 논의도 이루어졌다. 한마디로 대한민국 전체를 공부하고 논의하는 시간이었다.

나에게는 평소에 관심이 많던 소수자의 인권과 선거제도뿐 아니라 대한민국 구조 전체를 공부하고 살펴볼 수 있는 소중한 시간이었다. 비록 헌법 개정이라는 목표는 이루지 못해 매우 아쉽지만 또다시 도전해 보고 싶은 일이다. 헌법개정특별위원회 활동은 백서와 국회속기록을 참조하기 바란다.

내가 대표 발의한 다양한 법안들도 모든 국민의 인권 보호에 초점을 맞추고 있다. '인권 지킴이'로서 내가 의정 활동에서 역점을 두는 것이 바로 모든 국민의 인권 보호다.

제20대 국회 1호 법안으로 만 65세 이상의 국민기초생활 대상 수급자가 수령하는 기초연금액을 실제 소득에서 제외하는 내용의 '국민기초생활 보장법 일부개정안'을 대표 발의했다. 이 개정안은 지금도 통과되지 못하고 있다.

65세 이상의 국민기초생활 대상 수급자가 기초연금을 수령하면 수급액에서 기초연금액만큼 공제한다. 이에 따라 국민기초생활수급 대상자 중 65세 이상 약 42만 명이 기초연금을 수령하지 못하는 상황이다. 경제 면에서 지원이 필요한 국민기초생활수급대상자가 기초연금제도의 사각시대에 놓여 있어 정책 도입의 취지를 약화한다는 지적이 많았다.

이를 당사자들과 언론은 "줬다 뺏는 기초연금"이라고 말한다. 당사자(국민기초생활 대상 수급자)들에게는 생사가 걸린 매우 심각한 문제이다. 우리나라는 노인 빈곤이 경제협력개발기구(OECD) 회원국 중 최고 수준이고, 노인 자살률도 최고 수준이다. 높은 노인 자살률은 빈곤에서 기인하는데, 정부가 가장 빈곤한 기초생활 수급자들에게 기초연금을 제외하고 지급하니 도대체 무얼 하자는 것인지 알 수가 없다. 이러한 빈틈을 메우는 것이 내가 할 일이기에 이러한 법안을 제출한 것이다. 그러나 안타깝게도 개정안은 보건복지부의 반대로 아직 통과되지 못하고 있다.

국민연금 국가 지급 보장 및 소득 대체율 인상 등 노후 소득 보장 강화를 위한 '국민연금법 일부개정안'을 대표 발의했고, '국민기초생활 보장법', '노인장기요양보험법', '장애인활동 지원에 관한 법률', '기초연금법', '장애인복지법', '국민건강보험법' 등의 일부 개정안 등을 대표 발의했다.

또 '국민건강보험법 일부개정안', '장애인 건강권 및 의료 접근성 보장에 관한 법률 일부개정안', '노인 장기요양보험법 일부개정안' 등 국민의 건강 보장을 위한 입법 활동도 게을리하지 않았다.

보건복지 분야와 함께 여성 인권 및 가족, 아동과 청소년의 건강한 성장 분야에 중점을 두고 정책과 입법 활동을 펼쳤다. 특히 의정 활동 4년 내내 여성가족위원회 간사로 활동하고 있다.

'여성폭력방지기본법' 제정 및 불법 촬영 문제를 다룬 사이버 성폭력 등 '성폭력 범죄의 처벌 등에 관한 특례법 일부개정안', '아동·청소년의 성보호에 관한 법률 일부개정안', '정신건강증진 및 정신질환자 복지서비스 지원에 관한 법률 일부개정안', '남녀고용평등과 일·가정 양립 지원에 관한 법률 일부개정안', '양육비 이행확보 및 지원에 관한 법률 일부개정안' 등 수십 건의 법안을 대표 발의했다.

이를 통해 여성 폭력 처벌 강화 및 피해자 보호 지원 확대, 공공 부문 성희롱 성폭력 근절 대책 마련, 스토킹 범죄 처벌 및 피해자 보호 근거 마련, 가정폭력 방지 및 피해자 보호, 가해자 처벌 현실화, 성별 고용 형태별 고용 현황과 평균 임금 공시를 통한 차별 시정, 배우자 출산휴가 확대, 한부모 양육비 이행 확보를 위한 제재 조치 강화 방안 등 우리 사회의 인권 사각지대에 있는 여성, 아동, 청소년, 장애인, 노인의 인권을 개선하는 데 기여하고자 했다.

또한 성평등 연속 토론회, 정신장애인의 건강권 보장과 사회복귀를 위한 재활 서비스 개선 토론회, 일본군 위안부 문제와 법적 책임 논의를 위한 현장 간담회, 위안부 기림일 기념사진 전시회 개최 및 국회 간담회, 일본군 위안부 문제 연구소의 나아갈 방향 토론회, 양육비 미지급 문제 해결을 위한 토론회 및 사진전 등 사회적 약자인 여성과 아동, 청소년, 장애인, 노인의 인권을 개선하기 위해 입법 공청회나 정책 토론회, 간담회 등을 열어 현장의 목소리와 전문가의 의견을 모아 정책 방향을 제시했다.

일본군 위안부와 관련해 기억에 남는 것은 일본군 '위안부' 피해자 기림의 날 제정이다. 2018년 국가기념일로 지정되어 처음으로 기념 행사가 열렸다. 2017년 관련 법안이 통과되었을 당시 나는 여성가족위원회 법안심사소위원회 위원장이었다. 당시 자유한국당은 "국민의 동의가 더 필요하다"는 이유를 들어 기림일을 지정에 반대했다. 그러나 위원장인 나는 자유한국당 의원 한 명이 빠진 상태에서 또 다른 자유한국당 의원을 설득해 '일제하 일본군위안부 피해자 생활안정지원 및 기념사업 등에 관한 법률 일부개정안'을 통과시켰다. 지금 생각해도 통쾌하기도 하고, 다행스러운 일이기도 하다.

2016년 7월 6일부터 10월 4일까지 '가습기살균제 사고 진상규명과 피해 구제 및 재발 방지 대책 마련'을 위한 국정조사 특별위원회 위원

한일 합의 무효화를 위한 기자회견

2015년 12월 28일 한국과 일본의 외교부 장관이 일본군 '위안부' 문제에 대해 합의했다. 법적 배상금이 아닌 위로금 10억 엔을 지불하고, 화해치유재단을 설립하는 등의 방법으로 위안부 문제를 최종적이고 불가역적으로 해결했다는 내용이다. 시민·사회 단체와 우리 당은 한일 합의 폐기를 촉구했다.

제1263차 일본군 '위안부' 문제 해결을 위한 수요집회에서 (2016년 12월 28일)

용인시청 앞 평화의소녀상과 함께

으로 참여했다. 국회의원으로서 아직 적응도 되지 않은 상태에서 세간의 관심이 쏠린 국정조사 위원으로 활동한 것이다.

나는 난생처음 MIT, CMIT, PHMG, PGH라는 각종 화학물질과 독성물질에 대해 들었고, 그에 대해 공부해야 했다. 당시에 알려진 사망자만 수백 명에 달했다. 어린 아들이, 아내가, 아버지가 사망한 유족의 분노와 자책이 이루 말할 수 없어 지상의 세월호 사건이라고도 불렸다.

이 활동을 하면서 놀랍고도 엄청난 사건의 실상을 제대로 파악할수 있었다. 피해의 심각성은 이루 말할 수 없다. 11차례의 공식 국정조사뿐 아니라 환경부, 고용노동부, 산업통상자원부 등 관련 부처 현장 방문과 옥시레킷벤키저, SK케미칼, 애경, 이마트 등 가습기살균제 제조업체와 유통업체를 방문하고 가습기 살균 피해 구제 법안을 공동 발의 했다. 특히 가습기 국정조사 특위 대표단으로 옥시레킷벤키저 본사가 있는 영국을 방문해 관계자를 만나 한국의 피해 상황을 설명하고 본사 책임자에게 옥시레킷벤키저의 과실과 책임, 피해 구제 대책을 강력히 요구했다. 정부가 손을 놓고 있어 직접 영국까지 쫓아가 해결을 요구해야 하는 우리 국민을 보면서, 어떻게 21세기 대한민국 국민이 난민 같은 몰골로 이렇게 고생을 하나 싶어 가슴이 아팠다. 그때 가습기살균제 피해자들이 우리에게 소리 높여 물었던 것은 '국가란 무엇인가'였다.

가습기살균제 사건은 화학물질 제조를 제어하기 위해 마련된 '화학물질의 등록 및 평가등에 관한 법률', '화학물질관리법'을 강화하는 일부개정안을 마련하는 데 크게 기여했다.

하지만 문제는 해결되지 않았다. 가습기 때문에 아버지를 잃은 딸이 영정을 들고 국회 앞에서 1인 시위를 했다. 겨울로 넘어가는 추운 날이었다. 나가서 그의 손을 잡으니 꽁꽁 얼어 있었다. 같이 눈물을 흘렸다. 수많은 사람이 죽었다. 특히 어린 생명들이 이유도 모른 채 죽어갔다. 규모가 너무나 엄청난 사건인데 아직도 모든 것이 밝혀지지 않았고, 여전히 책임자들은 책임을 회피하고 있다. 기업은 진상 파악에 비협조적으로 임하면서 잘못을 인정하지 않고 있다. 가습기살균제 피해는 20년 넘게 진행되어 온 문제이다. 국정조사 기간이 너무 짧아 연장을 요청했지만 자유한국당이 거부해 마무리하지 못했다. 피해를 본 분들과 같이 집회를 하고 해결을 촉구하며 국정조사가 의미 있는 일이라는 것을 처음 알았지만 명쾌하게 해결된 것은 없다. 반드시 책임자를 처벌하고 피해 대책을 마련해야 한다.

그 후 나는 '헌법개정특별위원회'와 '헌법개정 및 정치개혁특별위원회' 활동을 했다. 대개는 특별위원회가 상임위원회에 비해 업무에 있어 부하가 덜한 게 일반적이다. 그러나 내가 활동했던 '헌법개정특별위원회'와 '헌법개정 및 정치개혁특별위원회'는 세간의 주목을 워낙 받은 위원회들이다. 활동이 2017년 거의 1년 내내 이어졌다. '헌법개정특별위원회'에서 헌법 개정에 대해 합의가 되면 상임위를 거치지 않고 바로 본회의로 헌법 개정안을 넘겨 의결할 수 있었기 때문에 이 위원회의 역할이 막중했다. 엄청난 인력과 에너지를 쏟아부었음에도 '헌법개정특별위원회'가 성과를 내지 못하고 활동을 종료하자 이번엔 선거제도 개편까지 붙여 '헌법개정 및 정치개혁특별위원회'를 구성했다. 그러나 자유한국당은 이미 헌법개정에도 정치개혁에도 임할 의사가 없었다. 회의 때마다 전혀 준비되지 않은 제1야당의 발언을 들을 때는 가슴이 답답하고 화가 치밀어 올랐다. 결국 아무런 성과 없이 '헌법개정 및 정치개혁특별위원회' 활동이 종료되고, '정치개혁특별위원회'와 '사법개혁특별위원회'가 구성되었다. 나는 이미 힘이 소진되어 특별위원회 활동에 다시 지원하지 않았다. 이 두 특별위원회의 선거제 개편과 검찰·사법개혁안은 사상 초유의 국회 폭력 사태 속에 신속 처리 안건으로 지정되어 올해 의결을 기다리고 있다.

의정 활동은 입법 활동뿐 아니라 정책을 바꾸어 실질적 변화를 만들어내기도 한다. 나는 여러 종류의 감사장과 감사패를 받았지만 가장 자랑스럽게 생각하는 감사패는 유방암 환자들에게서 받은 것이다. 감사패에는 "HER 2 양성 전이성 유방안 표적치료제 퍼제타의 급여화를 이끌어주셔서 감사드립니다. 의원님께서는 단순히 경제적인 어려움을 해결해 주신 것만이 아닌 환우들의 생명과 그 가정까지 지켜주신 것입니다. 2017.2.9. 허투 양성 전이성 유방암 환우들 드림"이라고 적혀 있다. 항암제로 인해 머리카락이 다 빠져 모자를 쓰고 온 10여 명의 유방암 환자들이 눈물을 흘리며 주는 감사패는 내가 누구이며 무엇을 할 수 있는지를 깨닫게 해주었다.

퍼제타를 건강보험에 포함시킨 것처럼 2018년부터 아토피 중증 환자에게 관심을 기울여 아토피 환자가 종합병원이나 상급병원을 갈 때 자기 부담을 줄일 수 있게 노력하고 있다.

아토피는 아주 드문 유전적인 아토피를 제외하고 모두 경증으로 분류되어 종합병원이나 상급병원을 이용할 때 본인 부담률이 최고 50%에 달한다. 그러나 아토피의 심각성은 거의 모든 아토피를 경증으로 치료해서는 안 된다는 것을 알려주었다.

2018년 국정감사에서 나는 당사자들을 참고인으로 불러 아토피를 경증으로 분류한 것이 얼마나 비현실적인 일인지를 보여주었다. 아토피로 실명한 환자가 자신의 사례를 증언했고 한 달 약값이 3만 원이라는 보건복지부의 답변이 얼마나 얼토당토않은 것인지를 알게 해주었다. 현재 정부는 중증 아토피와 관련한 실병 코드 신설을 검토하고 있으며, 중증 아토피 치료약제의 건강보험 적용 여부도 심사 중인 것으로 알고 있다. 이런 경험은 힘든 일상에서 내가 그래도 신나게 일하도록 하는 요소가 된다.

인권, 삶의 기본적인 조건에 주목하다
아동·청소년을 중심으로

여성운동의 경험을 통해 나는 여성뿐 아니라 사회적 약자의 인권 문제에 지속적인 관심을 기울여 왔다. 아동, 청소년, 노인 등의 문제를 법의 제정 또는 개정을 통해 풀어가고자 했다. 많은 법안을 대표 발의했다. 발의를 통해 사회적 관심을 환기하고 법과 제도뿐 아니라 우리 사회에서 다양한 방법으로 해결할 수 있는 방법은 없을까 고민하며 그 대안을 함께 모색했다.

'2019년 9월부터 만 7세 미만 모든 아동에게 아동수당 지급 확대.'

내가 대표 발의한 '아동수당법 일부개정안'이 지난해 말 본회의에서 통과되었다.

아이돌봄사업 정책개선 방안 당정간담회

아이돌봄사업 정책을 개선하기 위해 여성가족부, 아이 돌봄이 종사자들과 많은 논의를 했다.

전국 아이돌보미 1010억 임금체불 소송 및 처우개선 촉구를 위한 기자회견

정부 사업인 아이돌봄사업에 참여하는 아이돌보미들이 더욱 질 좋은 서비스를 제공하려면,
교육을 강화하고 문턱을 높이는 일뿐만 아니라 노동자들의 처우 개선도 필요하다. 이들은
'근로기준법'에 따라 받아야 할 주휴수당과 연차수당을 고용주인 정부와 전국의 지자체로부
터 받지 못했다.

내가 발의한 개정안 원안은 소득과 재산에 상관없이 만 6세 미만 모든 아동에게 아동수당을 지급하도록 하는 내용이다. 하지만 상임위원회인 보건복지위원회 법안 심사 과정에서 수정 의견이 제시되었다. 2019년 예산안 처리 과정에서 있었던 여야 합의에 따라 2019년 1월부터 만 6세 미만의 모든 아동에게 아동수당을 보편적으로 지급하고, 2019년 9월부터는 취학 전 아동(84개월 한도)까지 지급 대상을 확대한다는 것이다. 그러나 '취학 전'이라는 조건으로 인해 아동의 출생 월에 따라 최소 75회(12월생 아동)에서 최대 84회(1월, 2월, 3월생 아동)까지 아동수당 누적 지급 횟수의 차이가 발생하면서, 보건복지위원회 소위원회 심사 과정에서 이에 대한 형평성 문제가 제기되었다. 소위원회 위원들 간 논의 끝에 최종적으로 지급 대상 연령을 '만 7세 미만의 아동'으로 수정·의결했다. 수정된 '아동수당법 일부개정안'은 뒤이어 열린 보건복지위원회 전체회의에서 곧바로 의결되었다. 이어 법제사법위원회를 통과한 개정안은 찬성 139명, 반대 10명, 기권 26명으로 국회 본회의를 통과했다.

아동수당 관련 법은 우리 당의 공약이다. 소득과 상관없이 모든 아동에게 수당을 주자는 내용에 대해 야당의 반대로 상위 10%를 제외하고 아동수당을 지급하기로 합의를 본 것이다. 합의 내용을 발표하는 의원총회에서 나는 강력히 반대했다. 사회복지를 전공한 나는 '아동수당은 아동의 인권 측면에서 보편적으로 적용되어야 한다. 그렇지 않으면 아동 인권침해다'라는 의견을 제시하고 일부 지급의 문제점을 조목조목 지적했다. 그러나 원내대표 간의 협의는 번복하기 어려웠다. 좌절감을 느낄 수밖에 없었다.

나의 개정안이 통과됨으로써 모든 아동의 권리로서 지급되는 아동수당의 진정한 의미가 실현되었다. 작은 문제처럼 보이지만 이러한 선별 지급은 아동수당의 취지를 퇴색시키고 사회적 위화감을 불러일으키는 요인이 된다. 이제는 그것이 해소된 것이다. 나는 '아동수당 논의'가 우리 사회가 국가의 미래인 아동에게 관심을 기울이고 지원하는 계기가 되었다고 생각한다. 점차 더 많은 아동이 '아동수당' 외다른 권리도 누릴 수 있도록 제도개선을 지속적으로 이어갈 것이다.

가정폭력과 관련된 일을 오래 했기 때문에 가정이 보호할 수 없는 아동을 많이 만났다. 이 아동들은 보호자가 없거나 보호자의 보호를 기대하기 어렵다. 보호시설에서 이들이 퇴소한 후 적절한 지원이 제공되지 않으면 자립은 물론이고 기본적인 생활조차 영위하기 곤란한 상황에 놓여 범죄에 빠질 위험이 크다.

보호대상 아동(보호자가 없거나, 보호자로부터 이탈된 아동, 또는 보호자가 아동을 학대하는 경우 등)이 시설(아동 양육시설, 공동생활 가정, 위탁가정)에서 나와 자립하는 경우 자립정착금은 '보조금 관리에 관한 법률'에 따라 지방 이양 사업으로 국고보조금 지원 대상에서 제외되어 있다. 그런 까닭에 지자체별 재정 여건에 따라 자립정착금이 100만~500만

청소년 선거운동 연령 변경을 위한 기자회견
2017년 8월 9일 청소년들의 선거운동 연령을 현행 만 19세에서 만 14세로 바꾸는 내용의 '공직선거법 일부개정안'을 대표 발의하고, 관련 내용을 청소년들과 함께 발표했다.

원으로 편차가 크고, 가정위탁 종료 아동에게는 자립정착금을 지원하지 않는 지자체도 많다. 나는 보호대상 아동이 18세에 도달해 시설 등에서 퇴소하는 경우에는 자립에 필요한 자립정착금을 지원하도록 하는 법안을 국회에 제출했다.

'아동복지법 일부개정안'에서 국가와 지방자치단체는 보호대상 아동이 위탁보호 종료 또는 아동복지시설 퇴소 시에는 자립에 필요한 정착금을 지원하도록 법률에 명시했고, '보조금 관리에 관한 법률 일부개정안'에서 보호대상 아동이 시설 등에서 자립할 경우 자립정착금을 국고에서 지원하도록 했다.

우리나라는 저출산 문제가 심각한 만큼 출산율을 높이는 것도 중요하다. 하지만 태어난 아이를 잘 길러내는 것은 국가의 의무다. 보호대상 아동이 시설 등에서 퇴소하면 자립에 필요한 정착금을 지원하는 것이 타당하다고 생각한다.

이 법을 발의한 후 정부와 지자체는 퇴소하는 보육 종료 아동에게 최대 500만 원을 지원한다. 또 보건복지부는 시설보호 종료 이후 어려움을 겪고 있는 아동의 경제적 부담을 덜어주어 성공적으로 자립하도록 돕기 위해 자립 수당으로 2019년 4월 19일부터 연말까지 매월 30만 원을 지급한다. 이는 약 5000명을 대상으로 시범 실시하고 있다. 내가 울린 사회적 경종이 정책에 반영되어 다행스럽다. 하지만 아직도 아이들이 18세 이후의 삶이 두렵고 막막해 "깜깜했다"고 말하는 것을 들으면 가슴이 아프다.

나는 이 법 외에도 성폭력, 성매매 쉼터에 들어온 청소년들이 법적 대리인이 없어 일상생활 및 구직에 어려움을 겪는 것을 보고, 쉼터 내 보호 및 후견인 역할을 법적으로 강화할 수 있도록 '보호시설에 있는 미성년자의 후견 직무에 관한 법률 일부개정안'을 대표 발의하기도 했다. 이들 청소년이 기본 생활을 유지하고, 건강과 안전을 도모하고, 자립의 기반을 마련할 수 있게 도우려는 것이다.

나는 통계에 관심이 많다. 필요하면 뭐든지 해내고야 마는 나는, 문과생이긴 했지만 한국여성의전화에서 맡은 상담 통계를 위해 SPSS라는 통계 프로그램도 배웠고, 컴퓨터를 끄지도 켜지도 못하던 실력이었지만 상담DB를 구축하기도 했다. 아무튼 통계의 중요성을 알게된 나는 1993년 이후 지속적으로 통계와 정보화에 관심을 기울였다.

'아동·청소년의 성보호에 관한 법률' 개정을 촉구하기 위한 토론회

　나는 법과 정책 제안에서 '근거', '데이터'를 아주 중요하게 생각하고 이 속에서 새로운 문제들을 찾아내기도 한다.

　나는 여러 통계를 통해 우리 사회의 문제를 읽어내고 법적 장치를 어떻게 만들지 고민했다. 보건복지위원회 위원으로서 국민건강보험공단에서 제출한 '9세에서 18세까지 청소년의 주요 정신질환 진료 인원 현황'(서울대학교 병원 정신건강의학과 김붕년 교수팀 연구, 2018) 자료를 살펴보니 청소년의 연령에 따라 정신질환 유병 양상이 각각 다르게 나타나고 있었다. 주의력결핍과잉행동장애(ADHD), 틱장애, 분리불안 장애로 진료를 받는 경우는 나이가 어릴수록 많았고, 적대적 반항 장

청년 기본소득 도입을 위한 정책토론회

청년 기본소득 토론회는 내가 국회에 와서 맨 처음으로 개최한 토론회다. 사회보장제도들이 '기여'에 입각해 설계되었고, 기본소득은 인간의 '필요'를 중심으로 사고하며 공동체의 변화를 요구한다는 점을 강조했다.

애로 진료를 받는 경우는 중학생(13~15세)이 높았다. 언론은 "정말로 중2병이라는 게 있다"며 호들갑을 떨었다. 그리고 연령이 많을수록 우울장애, 사회공포증 진료 인원이 증가하는 것으로 나타났다.

현행 청소년 정신 건강 정책은 두 가지뿐이다. 하나가 지역 정신 건강복지센터를 통해 정신 건강 위험군 학생 선별, 심층 상담, 사례 관리와 의료기관 연계, 치료비 지원 등을 하는 '아동·청소년 정신건강 증진사업'이고, 다른 하나는 표준화된 학교 기반 정신 건강 프로그램을 개발해 정신건강복지센터와 국립병원 보급, 시범학교 프로그램 실

구세군 자선냄비 모금 활동 참여(2018년 12월)
우리 사회의 취약하고 소외된 이웃들을 돌보는 복지 사각지대의 해소는 국가의 기본적 책무다.

시, 실무자 워크숍 개최 등을 진행하는 '국립정신건강센터 학교 정신
건강 사업'이다.

나는 자료를 분석하고 이를 바탕으로 청소년의 정신건강 대책을
좀 더 적극적으로 세워야 한다고 우리 사회와 관련기관에 촉구했다.
청소년이 겪는 정신건강 문제를 단순히 사춘기나 질풍노도의 시기에
겪는 현상으로 넘겨서는 안 된다. 연령에 따라 예방이 가능한 정신질
환은 예방하고, 조기 검진 및 치료가 필요한 정신질환은 검진과 치료
가 가능하도록 청소년 연령별 맞춤 정신 건강 대책을 세워야 한다.
아동과 청소년의 삶의 조건을 개선하기 위해 할 일은 너무나 많다.

세상이 휙휙 숨 가쁘게 변하는 데 비하면 법은 뒤뚱대며 그 변화

를 따라잡지 못하고 있다.

아동·청소년에게 온라인 서비스로 음란물을 제공하는 이들은 처벌하고 있지만, 스마트폰 채팅 애플리케이션 등을 통해 성매매를 알선하는 등의 경우에는 서비스 제공자를 규제하거나 처벌할 법적 근거가 없다. 아동·청소년의 성을 매수하는 범죄는 대부분 스마트폰 채팅 애플리케이션, 인터넷 등을 통해 발생하고 있다. 이를 보완하기 위해 2017년 온라인 대화 서비스 제공자에게 수사기관 신고 및 이용자에 대한 본인 확인 의무를 부여하는 '아동·청소년의 성보호에 관한 법률 일부개정안'을 발의했다. 이 개정안에는 아동·청소년 성범죄를 근절하기 위해 13세 미만 아동·청소년의 성을 사기 위해 유인하는 등의 행위나 상습적으로 아동·청소년 대상 성범죄를 범한 사람에 대해 그 죄에 정한 형의 2분의 1까지 가중한다는 내용도 포함했다.

아동·청소년의 성 보호 문제뿐 아니라 지극히 일상적인 생활 어디에서나 법적으로 손보아야 할 일들이 보였다. 예를 들면 과거에는 드물었지만 최근에는 많은 초등학생들이 화장을 한다는 것을 '새삼스레' 알게 되었다. 사람들이 어린이들이 화장하는 것을 대수롭지 않게 받아들일 만큼 많은 어린이가 화장품을 이용한다. 어린이 화장품의 안전관리가 제대로 실시되지 않을 경우 면역력이 약한 어린이들의 건강에 문제가 발생할 수도 있다. 그냥 둘 일이 아니었다. 나는 어린이 화장품 안전성 평가 및 정기 실태조사를 의무화하는 '화장품법 일부

개정안'을 대표 발의했다. 어린이 건강 사각지대를 해소하기 위해서였다.

또한 어린이 화장품 체험 시설에 대한 안전 문제라든지 소소해 보이지만 다양한 안전 문제를 예방하기 위한 법률 개정안을 제출하고 있다. 이러한 노력이 사회 전체를 건강하게 만들기를 기대하면서 말이다.

보건복지위원, 보이지 **않는** 것을 **보이게** 하다

정신 건강, 빅데이터, 바이오헬스

　나는 보건복지위원회 위원이다. 복지는 전공 분야이기도 하고 여성운동과도 긴밀한 영역이라 소신을 갖고 그동안 계획한 법적 개선 작업을 추진했다. 그러나 보건 분야는 생소했다. 처음에는 이 분야에 정통한 보좌진과 공부하기 시작했다. 모르는 사항은 전문가를 불러 공부했다. 공부하는 조찬 모임을 만드는 한편, 보건 분야 질의를 통해서도 실무를 익히고, 관련 데이터를 찾았다. 공부를 좋아해 2016년 6월부터 12월까지 건강보험공단의 장기요양 최고위자 과정을 이수했다. 2017년 3월부터 7월까지 서울대학교 첨단 바이오산업 최고위 과정을 수료했다. 그리고 2017년 말 건강보험 심사평가원의 최고위자 과정도

'정신건강복지법' 관련 단체와의 간담회

밟았다. 이렇게 집중적으로 공부하며 관련 단체, 학계, 업계에 종사하는 이들을 만나다 보니 이 분야에 대해서도 어느 정도 자신감이 생겼다. 사실 국민건강보험공단이나 건강보험심사평가원에 공부하러 다닐 때 기관에서는 내가 등록만 하고 강의는 안 들을 줄 알았다는 후문이 있었다. 실무자들이 몹시 힘들었다는 후문도 …….

보건 분야는 그 어느 곳보다도 각 이해집단 간 대립이 첨예한 곳이다. 간호사, 간호조무사, 약사, 의사, 한의사, 산업계 등 단체의 성격이 뚜렷하고, 주장이 분명하다. 나는 '국민의 건강과 안전이 최우선'이라는 관점에서 특정 단체나 개인의 이익에 따른 법과 정책이 아닌 우리나라 전체 발전 과정 속에서 보건복지 문제에 접근했다.

사람 중심 바이오경제를 위한 바이오의약산업 발전 방안 토론회

　나는 특히 정신 건강과 빅데이터, 바이오헬스에 관심을 갖고 집중
했다. 내가 바이오헬스에 관심을 가진 결정적인 이유는 새로운 것이
기도 했지만, 앞으로 우리나라가 무엇으로 먹고살아야 하는지에 대한
고민 때문이다. 국회의원이 되면서 나의 관심 단위는 우리나라 전체
가 되었다. 특히 여당이 되니 더욱더 나라의 앞날을 생각하게 되었다.

　바이오헬스 분야는 세계적으로 가장 각광을 받는 분야다. 2017년
'첨단 재생의료 및 바이오의약품 법안' 중 '첨단바이오의약품법'을 대
표 발의했고, 본회의에서 '첨단 재생의료 및 첨단바이오의약품 안전
및 지원에 관한 법률(첨생법)'이 통과되었다.

　'첨생법'은 2016년 6월 김승희 자유한국당 의원이 대표 발의한 '첨

고가 신약의 신속한 환자 접근권 보장 방안 모색을 위한 토론회
비싼 의약품은 환자의 접근성이 낮아 생명을 위협하는 요인이 된다. 이 문제는 앞으로도 꾸준히 개선해 나가야 한다.

단재생의료의 지원 및 관리에 관한 법률안', 같은 해 11월 전혜숙 더불어민주당 의원이 대표 발의한 '첨단재생의료의 지원 및 안전 관리에 관한 법률안', 2017년 8월 내가 대표 발의한 '첨단바이오의약품법안'을 통합·조정해 대안으로 마련한 법안이다.

생명공학 기술이 급속도로 발전하고 다양한 기술이 융합되고 있다. 그에 따라 이름도 생소한 세포 치료제, 유전자 치료제, 조직 공학 제제, 첨단 바이오 융복합 제제 등 첨단 바이오의약품의 개발이 증가하고 있다.

일반인에게는 낯설지만 이러한 첨단 바이오의약품의 품질과 안전성 및 유효성을 확보하는 것은 국민을 위해 정말 중요한 일이다. 또 제품화 촉진 및 국민 보건 향상에 기여하기 위해서도 법안을 발의할 필요가 있었다. 현재 '약사법'은 전통적인 합성의약품 위주의 관리 체계로 구성돼 첨단 바이오의약품의 특성을 반영하기에는 한계가 있다. 그래서 '약사법'에서 분리해 별도의 법률을 제정한 것이다.

첨단 바이오의약품은 살아 있는 세포나 조직을 이용해 제조하는데 세계적으로 사용례가 적다. 환자 맞춤형으로 소량 생산된다. 이러한 이유로 허가 및 안전 관리에 종전의 합성의약품과는 다르게 다양한 사항을 고려해야 한다. 그렇기 때문에 첨단 바이오의약품의 특성을 반영하고 과학기술의 발전 속도에 유연하게 대응할 수 있도록 별도의 관리 체계를 구축해야 하는 것이다.

특히 첨단기술 또는 융합기술이 적용된 제제는 물품의 경계가 모호하고 적용 규제가 미비해 연구개발에 어려움을 겪고 있다. 첨단 융복합 제제의 품목 분류 및 적용 규제 안내, 규제가 미비한 경우 로드맵 제시 등 이른바 '그레이존' 해소에 대한 요구가 높은 상황이기도 하다.

어려운 일이었다. 산업계에서는 규제를 풀라 하지만 시민단체에서는 인권 문제 때문에 반발이 심했다. 시민단체에서 활동했으니 그런 우려를 모르지 않는다. 그렇다고 해서 그냥 바라만 볼 수는 없었다. 왜냐하면 우리가 우물쭈물하는 사이에 외국에서 시장 논리로 진입하면 그 피해는 고스란히 우리에게 돌아오기 때문이다. 이와 같은 일들은 속도가 중요하다.

제약 선진국이 세계시장을 선점하고 있는 합성의약품 분야와는 달리 산업 발전의 초기 단계인 첨단 바이오의약품은 주도권을 확보하기 위한 각국의 경쟁이 치열한 상태다. 허가 및 안전관리에 대한 규제 수준을 높이고 체계적인 제품화 지원과 인프라 확충을 통해 우리나라 첨단 바이오의약품이 국제시장을 선도하고 국가경제를 견인할 성장 동력으로 자리 잡도록 해야 한다. 이 법이 그러한 역할을 하기 바라고, 앞으로 이 법의 부족한 부분이 무엇인지 계속 주시하고 보완하려고 한다.

나는 이미 언급했듯이 새로운 것을 배우고 적용하는 것을 좋아한다. 첨단 바이오 헬스에 대한 관심 못지않게 '빅데이터'에 대한 관심도 크다. 한국여성의전화에서 일하면서 1993년 상담 일지를 DB화하는 등 당시로서는 매우 획기적인 일을 진행하기도 했다.

보건복지위원회에서는 데이터나 통계를 잘 아는 위원이 많지 않았다. 2016년 기관 보고 때 심사평가원에 물난리가 나서 서버가 정지된 적이 있다. 나는 데이터의 안전과 보안 조치를 조목조목 따져 물었다. 또 관련기관의 데이터가 판매된 일이 있었다. 무슨 기준으로 팔았는지, 어디에 팔았는지 질의했다. 이러다 보니 우리 상임위원회에서 데이터 문제가 나오면 으레 정춘숙 의원이 맡으라고 한다.

2019년 9월 17일 보건복지부에서 '보건의료 빅데이터 플랫폼' 개통식을 열었다. 건강보험공단, 건강보험심사평가원, 국립암센터, 질병관리본부의 데이터를 연구 목적으로 제공하는 플랫폼이 만들어진 것이다. 보건복지부가 꼭 참석해 달라고 요청하기도 해서 기쁜 마음으로 행사에 참석했다. '보건의료 빅데이터 플랫폼'과 특별한 인연이 있었기 때문이다.

보건복지부에는 건강보험 데이터나 연금 데이터 등 엄청난 규모의 양질의 데이터가 있다. 보건복지부가 빅데이터 플랫폼을 만든다고 할 때부터 나는 관심을 갖고 실무적인 면까지 세세히 살펴보고 의견을 제시했다. 나는 담당자에게 시민단체가 처음부터 함께 참여할 수 있도록 요청했다. 보건복지부에서는 시민단체의 의견을 반영했고 좋은 결과를 만들어낼 수 있었다. 1년이 넘는 동안 회의하고 조율하고 갈등했다. 복지부 관계자는 처음엔 시민단체와 처음부터 같이 한다는 데 난색을 표명했지만, 결국 양측은 견해차를 좁히고 플랫폼을 출발시켰다. 이러한 노력들이 시야를 확장하고 더 많은 사람이 혜택을 누릴 수 있게 하는 기반이 된다. 국회의원의 좋은 점은 어떠한 사회문제를 발견하면 이에 대해 끝까지 집중해 추적하고 확인할 수 있다는 것이다. 실제로 법이나 정책에 영향을 미친다. 새로운 길을 열게 하는 것이다.

치매 예방과 치료, 한의약의 역할과 가능성 토론회(2018년 11월)

보건의료 분야는 계속 발전하고 있다. 정리하고 준비해야 할 일이
참 많다. 전문적 개입이 필요한 영역이다. 더 많이 배우고 다양한 관
점에서 입체적으로 이야기를 들어야 한다. 산업계와 시민단체와 이익
단체 등 충돌할 수 있는 각 사회 그룹 간 갈등을 조정하고 합의를 끌
어내야 한다. 보건복지위원회에서 관장하는 보건 분야는 이해관계가
매우 복잡하고, 다루는 문제가 국민의 삶과 아주 직접적으로 연결되
어 있다. 농약 묻은 달걀, 암 발병과 관련된 혈압약 등 문제가 한번
터지면 온 나라가 들썩인다. 수입식품 안전관리에 관한 사항이나 의
료기기의 외국 제조소에 대한 현지 실사(實査)의 법적 근거를 마련하
는 일, 의료기관 인증제도 보완, 실험동물 문제 등 그동안 발의한 분

야도 아주 다양하고 구체적이다.

국회의원은 남들이 보지 못하는 사각지대의 문제를 꺼내 세상에 보여주고, 그에 대한 법과 정책과 예산을 지원해 문제를 풀어야 한다. 국회의원들은 정보를 많이 얻을 수 있고, 유권자들을 자주 만나기 때문에 누구보다도 유권자인 시민들이 원하는 것을 잘 알고 있다. 이들은 인간이 인간답게 살 수 있는 삶의 기초를 놓는 일에 누구보다도 헌신할 수 있다.

정신 건강, 자살 예방 등은 첨단 바이오 헬스 외에도 보건복지 분야에서 내가 특히 눈여겨보았던 문제이다. 언론매체의 자살 사건 보도에 대한 권고기준 수립과 실태조사, 자살예방위원회 설치 등을 위한 법률안을 발의하며 지속적으로 해결책을 모색하는 노력을 계속했으며, 정신 건강을 위해 트라우마 환자에 대한 심리상담·심리치료, 트라우마에 관한 조사·연구, 심리 지원 관련기관 간 협력체계 구축 등의 업무 수행을 위해 보건복지부 장관이 국가트라우마센터를 설치해 운영할 수 있도록 하는 법적 근거와 예산을 마련하기도 했다. 정신 건강에 대해서는 입법 활동과 더불어 토론회를 통해 관련 전문가들과 지속적으로 만나며 관련 문제를 함께 논의하고 있다.

몸이 아프면 적극적으로 치료해 회복하고자 하는 신체적 건강에 대한 시각과 달리 정신 건강에 대한 사회적 편견의 벽은 아직 높다. 2017년 제출한 '정신건강증진 및 정신질환자 복지서비스 지원에 관한

용인정신병원 이사장 검찰 고발 기자회견
2016년 여름, 노동조합을 지원하러 용인정신병원에 갔다가 정신병원과 관련한 문제가 심각
하다는 사실을 알게 되었다. 이후 정신질환자의 인권을 보장하고 복지 서비스를 강화하기 위
해 '정신건강법'을 개정했다.

법률(약칭 정신건강복지법) 일부개정안'이 본회의에서 통과되었다. 개정
안을 발의하던 당시 우리나라의 국립정신건강센터 시설이 매우 열악
한 것은 물론이고, 보건복지부에서 국민 정신보건을 책임지는 사람의
수도 11명에 불과했다. 자살 예방 담당자가 고작 2명이었다. 매년
OECD 자살률 1위라는 통계가 발표되고 있는데도 우리나라는 예방
측면에서의 정신 건강을 살피는 데 그리 민감하지 못했다.

건강을 말할 때는 신체와 정신 모두를 말해야 한다. 상대적으로
사회적 주목을 받지 못한 정신 건강에 대해서도 법률이나 정책 문제를
전체적으로 살펴볼 필요가 있다. 정신 건강을 들여다보게 한 직접적인

계기는 정신 건강과는 관계없는 다른 문제로 경기도의 한 정신병원을 방문하면서였다. '용인정신병원'이었는데 이곳에서 노사분규가 발생해 노동조합을 지원하러 갔다가 병원 이사장과 간담회를 하고 폐쇄 병동을 방문하면서 우리나라에 강제 입원의 문제가 심각하다는 것을 알았다. 서너 명이 들어가면 알맞을 작은 방에 10여 명이 기거하고 있었고, 마치 포로들처럼 얇은 이불을 덮고 있었다. 의료 보호 환자들이었는데 참으로 비참했다. 나는 이들이야말로 우리 사회에서 가장 소외되고 인권의 사각지대에 있는 사람들이라고 생각했다. 강제 입원 관련 법 개정 및 시행 과정에서 이전에 있었던 논란을 검토한 결과, 사회적 소수자로서 그들이 자신들의 처지를 호소할 수 없는 측면이 있었다. '정신건강법' 개정으로 인권 보장, 복지 서비스 제공 강화, 전 국민 정신 건강 증진 서비스 제공 등의 근거가 마련되었다.

'정신건강법' 개정 후, 후속 대책 모색과 국민 정신 건강 증진 과제를 수행하기 위한 연속 토론회를 개최했다. 2018년 8회에 걸쳐 토론회를 개최했다. 전문가들은 10년간 할 일을 다 했다며 감사의 뜻을 밝혔다. 토론회를 통해 정신 건강과 관련된 다양한 정책이 제안되었다.

'정신건강복지법'이 실행 단계에서 원활히 작동될 수 있도록 관심과 의견을 모으고 지켜봐야 한다.

'여성폭력방지기본법' 제정과 여성 인권

2018년 마지막 날, 서울 강북삼성병원에서 임세원 교수가 정신질환자에게 살해되는 사건이 발생했다. 충격적인 일이 아닐 수 없었다. 정신질환을 앓고 있는 환자가 지속적으로 치료를 이어갈 수 있도록 정신질환 치료·관리 시스템을 강화하는 '정신건강복지법 일부개정안' 두 건을 대표 발의했다. 정신질환은 꾸준한 약 복용과 치료로 극복이 가능한데도 환자들이 필요한 시기에 필요한 치료를 받지 못해 오히려 병이 악화되는 경우가 많다. 이로 인해 아픈 사람이 나쁜 사람이 되는 사건들이 발생하면서 정신질환자에 대한 사회적 편견과 오해는 더욱 깊어졌다. 정신질환 치료·관리 체계를 강화함으로써 임세원 교수 사

여성 피살 사건 추모 현장에서
2016년 5월 20일 서울 강남역 인근에서 발생한 여성 피살 사건 현장을 찾아 추모 메시지를 남겼다. 여성만을 겨냥해 살해했다는 점에서 여성 혐오 범죄이며, 여성을 상대로 한 각종 폭력은 우리 사회에 만연한 성차별의 명백한 증거다.

건과 같은 일이 반복되지 않도록 해야 한다. 또한 고인의 뜻처럼 "정신질환은 위험한 것이 아니라 치료를 통해 극복할 수 있는 것"이라는 인식이 우리 사회에 뿌리내리고, 정신질환에 대한 지속적인 치료와 지원이 이루어지기를 바라는 마음으로 법안을 발의했다.

2018년, 여성에 대한 폭력 문제가 우리 사회를 뒤흔들었다. 미투라는 이름으로, 곪아 있던 성범죄 피해 고발이 법조계, 문화예술계, 교육계 등 사회 곳곳에서 봇물 터지듯 쏟아져 나왔다. 2016년 서울 강남역 살인사건, 문화예술계 내 성폭력 사건, 직장 내 성폭행 사건, 등촌동 전처 살해사건 등 수많은 여성 폭력 범죄가 발생했다. 여성

폭력은 가정폭력, 성폭력을 비롯해 데이트폭력, 스토킹 범죄, 불법 촬영 및 신종 사이버 성폭력, 성매매 등으로 다양화되었다.

여성 대상의 폭력을 다루는 기존 법은 크게 가정폭력, 성폭력, 성매매 등에 관한 개별 법으로 나뉘어 있었다. 그렇기 때문에 복합적으로 발생하는 여성 폭력 피해자를 일관되게 지원하는 데 한계가 있다. 예를 들면 데이트폭력과 스토킹 범죄, 사이버 성폭력 등 새롭게 등장한 신종 성폭력의 피해자에 대한 지원 근거가 부족했다. 그래서 젠더 폭력에 대한 종합적 접근과 개별 법에 근거해 법안을 종합적으로 다룰 수 있는 기본법이 필요한 상황이었다.

나는 새롭게 발생하는 여성에 대한 폭력 개념을 정의하고, 국가가 나서서 조건 없이 범죄자를 처벌함으로써 피해자를 지원할 수 있도록 2018년 2월 '여성폭력방지기본법'을 발의했다. 이 제정안은 미투 운동으로 여성 인권과 성차별 문제가 사회의 주요 이슈로 떠오르며 불과 10개월 만인 그해 12월 국회 본회의를 통과했다.

'여성폭력방지기본법'은 가정폭력, 성폭력, 성매매 문제 등을 포괄하는 기본법으로 우리나라 여성들이 더는 폭력에 대한 두려움 없이 살아갈 수 있도록, 범죄의 표적이 되지 않도록 우리 사회 전체의 시스템을 바꾸기 위한 나의 입법 과제였다.

'여성폭력방지기본법'의 주요 내용은 첫째, 다양해지는 여성 폭력의 개념 규정 및 피해자 지원·보호 체계 강화, 둘째, 여성 폭력 방지

'가정폭력방지법 일부개정안' 발의 기자회견
'가정폭력방지법'을 제정한 지 20년이 된 2016년에 일부 개정안을 발의했다.

기본계획 및 연도별 수행계획 수립 근거 마련, 셋째, 일관성 있는 국가 통계 구축, 넷째, 여성 폭력의 특수성을 반영한 피해자 지원 시스템 마련, 다섯째, 여성 폭력 예방 위한 폭력 예방 교육체계 재정립 등이다.

이 법에서는 2차 피해가 최초로 정의되었고 이를 방지하기 위한 지침 마련과 교육 등 국가 책무가 부과되었다. 또한 피해자 정보보호 시책, 종합적인 여성 폭력 통계의 구축, 여성폭력방지위원회의 운영 등으로 여성 폭력 피해자 지원 체계의 공백을 메울 수 있었다. 나아가 피해자의 권리 조항을 도입해 성, 연령, 장애, 이주 등 배경에 따라 필요한 보호와 지원을 받을 권리를 규정했다.

그동안 데이트폭력, 스토킹 범죄, 불법 촬영 등 새롭게 등장하는

스토킹방지법 제정을 위한 한일 토론회(2016년)

신종 여성 폭력에 대한 종합적인 국가 책임이 불명확했지만, '여성폭력방지기본법' 제정으로 개별 법으로 보호받지 못했던 여성 폭력 '사각지대' 피해자를 실질적으로 지원하는 제도가 생겼다. 또 통계를 구축하도록 하여 객관적인 자료를 통해 여성 폭력에 대한 실질적 대책을 세울 수 있게 한 점도 의의가 있다. 이 법은 성폭력 등을 저질렀을 때 처벌하는 규정이 있는 처벌법은 아니다. 성폭력 등의 처벌에 관한 규정은 '형법'에 있다. 이 법은 기존 가정폭력, 성폭력, 성매매 외에 스토킹, 데이트폭력 등 신종 여성 폭력의 피해자에 대한 법적 지원 근거를 마련한 것이다.

하지만 법제사법위원회 논의 과정에서 발의했던 원안이나 여성가족위원회에서 의결된 안과 다르게 이 법의 정의가 "성별에 기반한 폭력"이 "성별에 기반한 여성에 대한 폭력"으로 좁혀졌다. 그 결과 남성,

아동, 청소년 등 남성 피해자는 정책 개념상 포괄하지 못하게 되었다. 이렇게 수정된 법안이 통과되자 "피해자를 여성으로만 한정한 것 아니냐"라는 비난이 이어졌다. 남성과 여성의 대립 구도로 몰아가기도 했다. 심지어 청와대 국민청원 게시판에는 이 법안의 폐지를 촉구하는 청원이 올라가기도 했다.

'성별에 기반한 폭력으로'와 '성별에 기반한 여성에 대한 폭력'은 현격한 차이가 있다. 원안의 "성별에 기반한 폭력(gender based violence)"은 가해자와 피해자의 성을 생물학적으로 제한하지 않고 광범위한 성폭력을 포함한다는 의미다. 생물학적 성인 '여성'에 대한 폭력만이 아니라 '사회·문화적으로 부여된 여성성과 남성성' 즉 젠더를 바탕으로 여아와 여성, 남아와 남성, 다양한 사회적 약자 등을 포함하는 것이다. 하지만 법제사법위원회에서는 이와 같은 함의에 대한 이해가 없이 정의 조항에 피해자를 생물학적 성으로만 제한하는 '여성'을 넣었다.

원래 법제사법위원회는 법의 체계, 자구만 심사하도록 되어 있다. 그런데 이 법을 심사할 때 위원들은 이 법의 정신을 담고 있는 '정의'를 심사한 것이다. 구체적인 과정은 이랬다. 법사위 토론 과정에서 "성별에 기반한 폭력"이라 하니, 처음에는 '여성폭력방지기본법'이 "여성만을 위한 것이냐"라고 비판했다. 여성가족부 관계자가 "아니다, 그렇지 않다. 성별에 기반을 두는 것이므로 남자도 포함된다"라고 답변하니, 이번엔 갑자기 한 위원이 "그럼 동성애를 지지하는 거냐"라고 논리를 비약했다.

흰 장미로 보내는 응원의 메시지

젠더폭력대책 TF에 참석한 의원들 모두 흰 장미를 들고 응원의 메시지를 보냈다.

미투 운동을 지원하는 의원들과 함께(2018년 2월)

미투 운동의 대안 마련을 위한 현장 전문가 간담회

서지현 검사는 2018년 1월 29일 생방송 뉴스에 출연해 안태근 전 검사장에게 성추행을 당했음을 밝혀 성폭력 피해를 알리는 미투(#Metoo) 운동을 촉발시켰다. 이에 대응하기 위해 더불어민주당에서는 젠더폭력대책 TF를 설치했고, 내가 간사를 맡아 성폭력 피해자 통합 지원과 2차 피해 예방 등 대안을 마련하기 위해 논의했다.

용기 있는 그녀! 서지현 검사와 함께

2018년 2월 6일 더불어민주당 젠더폭력대책 TF 회의에 참석한 서지현 검사(가운데)와 손경이 성교육 강사(왼쪽).

기가 막히지 않을 수 없었다. 여성가족부 관계자가 "아니, 그게 아닙니다"라고 했지만 "이것을 빼야만 법을 만들 수 있다"라고 주장했다. 논쟁 끝에 결국은 "여성에 대한"을 넣는 것으로 결론이 났다. 여성이나 여성적 위치에 있는 이들에 대한 폭력을 이해시키려 했으나, 일부 의원이 "성별에 기반한"이 동성애 옹호라며 억지를 썼다. 결국 전혀 그럴 의도가 아니었는데도 오히려 남성을 배제하는 꼴이 되었다. 이는 법사위의 권한을 넘어서는 일이 아닐 수 없다. 법의 정의를 만지는 것은 법의 내용을 전혀 다르게 하는 것이기 때문에 해서는 안 되는 일이었다.

또한 내가 처음 법안을 발의할 당시 "국가와 지방자치단체는 여성 폭력 예방 교육을 하기 위한 시책을 수립·시행한다"라고 규정한 의무 조항은 수정안에서 "수립·시행할 수 있다"라는 임의 조항으로 바뀌었다. "여성 폭력 예방 교육을 성평등 관점에서 통합적으로 실시할 수 있다"라는 조항은 "성평등"이 "양성평등"으로 수정되었다.

이 법에 대한 개정 요구가 나오고 있다. "성별에 기반한 여성에 대한 폭력"에서 '여성'만 빼면 되는데도 앞서 말한 이유로 "여성에 대한"이 들어갔기 때문에 개정안 통과가 어려울 수 있다. 그러나 성별 구분 없이 피해자 지원 강화를 위한 개정안 발의 등 '여성에 대한' 폭력뿐 아니라 모든 약자에 대한 위협과 폭력으로부터 국민 모두의 인권을 지켜나갈 수 있도록 법을 보완하는 데 노력을 게을리하지 않을 것이다.

이 제정안은 국회에서 통과되기까지 미투 운동과 맞물려 수많은 사람의 이목을 끌었다. 미투 운동은 권력관계 속에서 거부할 수 없었던 성폭력을 당한 피해자들이 힘겹게 자신의 피해 사실을 고백하면서 시작되었다. 우리 사회가 그들의 말에 귀를 기울이고, 만연한 권력형 성폭력을 근절하기 위해 한목소리를 내면서 의미가 더욱 커졌다. 이같은 성폭력 피해자의 호소는 성폭력 문제가 개인의 문제가 아니라 우리 사회 전체의 문제이며, 사회 전체의 성평등 확산, 인권 향상을 요구하는 목소리임을 보여준다. 성희롱, 성폭력은 폭력과 차별의 결과물이다. 성차별적 사회구조의 변화 없이는 해결되지 않는다. 우리는 우리 사회의 잘못된 권력구조, 사회구조 개혁을 함께 고민해야 한다.

나는 사회운동가 벨 훅스(Bell Hooks, 글로리아 진 왓킨스의 필명)의 여성주의 정의를 항상 마음에 담고 있다.

"인종주의, 성차별주의, 이성애주의, 계급주의를 포함하는 모든 형태의 억압을 제거하는 헌신."

'여성폭력방지법'의 제정은 사람답게 살고 사람답게 사는 것을 침해받지 않는 인권을 기초로 한다. 남성과 여성 모두를 위해 필요한 일이다. 여성주의 또한 모든 인간이 평등하고 인격적으로 대우받기 위해 꼭 필요한 가치이다. 여성주의가 남성을 공격하거나 권리를 뺏어가는 것이 결코 아니다. 모두가 더불어 살 수 있는 평등한 세상을 만들고자 하는 것이다.

"**정춘숙**이 오니 **수지**가 달라지네요"

국회의원이 되고 전반기(처음 2년)가 끝나가니 지역구 출마를 해야 하나 말아야 하나 하는 고민과 갈등이 시작되었다. 어떤 선배 의원은 '지역구'를 '지옥구'라 했다. 그만큼 힘든 일이다. 고민하던 중에 한 여성 재선 의원의 역설이 지역구 출마를 결심하는 계기가 되었다.

"여성 비례대표 의원은 반드시 지역구에 출마할 책임이 있다."

여성 정치세력화를 위해 출마해야 한다는 그 말이 내 가슴을 '쿵' 울렸다. 여성 비례대표 국회의원이 출마해야 하는 이유는 첫째로 금액이 크지 않을지라도 정치자금을 모으는 것이 가능하며, 둘째로 실무 차원에서 국회의원 경험이 있고, 셋째로 주변에 동원 가능한 인적·물적 자원이 있으므로 일반 여성들에 비해 지역구에서 겨뤄볼 만하다는 것이다.

여성의 정치세력화라는 말은 남성 중심의 정치문화를 바꾸려면 바꾸려는 사람이 먼저 그 일을 해야 하는 것이 아니냐는 뜻으로 이해했다. 어려워도, 지옥구라 해도 지역구의 길을 가야 했다.

지역을 물색하기 시작했다. 두 가지 기준을 정했다.

첫 번째, 우리 당 의원이 있는 곳에는 가지 않는다. 우리 당 의원이 없는 험지에 가는 것이 좋겠다고 생각했다. 지역을 선택할 때 명분을 찾는다면 당의 관점에서 어려운 곳으로 가는 것이 당연하다고 생각했다.

두 번째, 다른 당 의원이라도 가능하면, 여성 의원이 있는 곳은 가지 않는다. 여성의 정치세력화를 고려한다면 여당 의원이든 야당 의원이든 여성의 폭넓은 정치활동을 서로 독려하는 것이 좋겠다는 마음에서다. 지금은 좀 달라지기는 했지만 말이다.

20대 총선에서 수도권은 우리 더불어민주당이 대부분 석권해 내가 갈 만한 곳이 많지 않았다. 가능하면 의미 있는 곳에 가고 싶었고 내가 정한 원칙에 따라 찾아보니 몇 군데가 눈에 띄었다.

용인시 수지구(용인병)는 우리 당에서 보면 험지다. 자유한국당 한선교 의원이 내리 4선을 한 곳이다. 내가 지역구를 결정할 때 한 의원의 성희롱 발언을 포함해 이른바 망언이라 불리는 말들이 언론에 오르내리고 있었다. 이 지역을 대표하는 분의 말이었다. 도덕적 가치나 다른 사람을 존중하는 마음이 있다면 듣고 싶지도 않은 표현이었다.

나는 결단을 내렸다.

'그래 또 부딪쳐 보는 거야.'

용인 수지에는 모교인 단국대학교가 있어 친근한 느낌을 주었다. 내가 다닐 때는 학교가 서울 한남동에 있었지만 죽전으로 이사한 지 꽤 오래되어 낯설지 않았다. 또 박사 학위를 받은 강남대학교도 용인 기흥이라 가까이 있었다. 학교를 다니며 수시로 지나다니던 길. 한 해 한 해 달라지는 용인의 모습을 계속 지켜보았는데 이렇게 다시 마주하다니 감회가 새로웠다. 하긴 바로 밑 여동생도 15년 이상 수지에서 살고 있으며, 막냇동생도 얼마 전까지 용인 연원마을에 살았으니 제법 인연이 있다고 할 만했다.

그러나 내가 그곳에 가는 이유는 '험지'이기 때문이다.

지역을 정하고 전략을 짜기 시작했다.

"좀 쉬운 데 가지 그러느냐?"라는 말이 계속 들렸다. 주변에서 걱정이 많았다.

"어차피 갈 거면 어려운 데 가서 화끈하게 붙어보지 뭐"라고 대꾸했지만 두려웠다. 난 도전을 무서워하지 않는 성격(?). 사실 도전은 무섭다. 무섭지만 도전하는 것이고, 도전하고 극복하다 보니 '그' 도전을 무서워하지 않게 된 것이다. 또 다시 시작된 '문을 두드리는 용기'.

2018년 3월 7일 용인 수지 풍덕천동으로 이사를 했다. 서울 강서구에서 꽤 오래 살았기에 한 달 정도는 이사 온 동네에 적응이 되지 않아 괜히 풀이 죽어 다녔다. 3월에 급히 이사를 한 이유는 지역구에 나서기로 한 마당에 6·13 지방선거 이전에 가서 지방선거를 함께 해야 한다고 판단했기 때문이다. 남편이나 나나 일 저지르는 데는 뭐가 있어 이사 가야 한다는 말이 떨어지기 무섭게 집부터 옮겼다.

4월이 되니 동네 풍경이 눈에 들어왔다. 꽃도 슬슬 피기 시작해서 황량한 느낌도 가시고 여유가 생겼다. 동네 이곳저곳을 쏘다녀 보기도 하고 하늘도 한 번 더 바라보았다. 그저 아파트만 빼곡한 줄 알았는데, 자세히 보니 상점, 학교, 사무용 빌딩 등 보이는 것이 많았다. 정감이 가기 시작했다. 주로 새벽에 출근을 하니 잘 느끼지 못했는데 어쩌다 밝을 때 다니면 꽉꽉 막히는 길도 보였다. 지역난방공사의 굴뚝에서 나오는 하얀 수증기도 익숙해졌다.

지역구는 어렵다? 맞다. 어려웠다.

6·13 지방선거를 치르면서 우리 당 후보자들과 인사를 나누고 시장 선거를 도와 같이 선거운동을 했다. 우리 사무실 보좌관들도 선거운동에 가세했다. 우리 당 후보가 시장이 되었다. 도의회는 용인시 지역구 도의원 전원이 우리 당에서 당선되었고, 시의원 선거도 압승했다. 그렇지만 선거 과정에서 앞으로 겪어야 할 실제적 어려움도 경험할 수밖에 없었다. 이른바 '텃세'였다. 우리 당의 어떤 후보는 나의 자

수지구 고기동에서 열린 3·29머내만세운동 기념행사에서(3월 30일)
머내만세운동은 일제강점기인 1919년 3월 29일 현재의 수지구와 기흥구 일대에서 수천 명의 주민이 태극기를 흔들며 독립 만세를 외친 역사적인 항일운동이다.

발적인 선거 지원도 마다했다.

6·13 지방선거가 끝나고 7월 말, 당 지역위원회를 개편하며 지역위원장 경선에 돌입했다. 시작할 때 나를 지지할 것이 확실한 표는, 내 표 딱 하나였다. 권리행사를 하려면 6개월 전에 당원이 되어야 하니 나를 알아서 찍어줄 당원이 있을 수 없었다. 군 단위에서 갑자기 도시가 확장되어 그런지 대도시인데도 이 지역은 끈적한 인연으로 묶여 있었다. 특히 주민자치위원회, 새마을부녀회, 체육회, 새마을지도자회, 청소년지도위원회 등은 군 단위 시절부터 이어진 인맥이 많았

다. 지역위원장이 압도적으로 유리한 상황이다. 지역위원장은 이곳에서 오래 활동한 이였다. 게임이 안 되었다. 나는 경선 이틀 전에야 당원 명부를 받았다. 물론 자진해서 도와주는 이들이 있어 내 나름의 운동을 하고 있었지만 맨땅에 헤딩하는 것 같았다.

'그래도 최선을 다할밖에⋯⋯.'

아는 지역구 의원 보좌관에게 물었다.

"지역위원장 경선에서 어떻게 선거운동을 해야 해요?"

"전화를 하셔야지요."

"어디에요?"

"그냥 당원 명부 처음부터 끝까지 다요⋯⋯."

선거 후 뚜껑을 열어보니 나는 34%를 얻었다. 480표가 넘는 결과였다. 원래 지역위원장이 66%로 이겼다. 선배 의원들이 나에게 예상보다 표를 많이 얻었다고 평가해 주었다. 용인 수지에 변화를 원하는 사람들이 있다는 뜻이라고 그들은 해석했다.

8월에 사무실을 얻고, 10월 6일 개소식을 했다. 국정감사를 앞두었기 때문에 올 사람이 없을까 걱정했다. 게다가 태풍 콩레이가 들이닥쳤다. 사무실이 좁아서 옥상에 천막 치고 행사를 하려 했는데, 위험해서 다 걷었다. 30명도 못 들어가는 좁은 사무실이었다. 시간이 되자 사람들이 물밀듯이 들어왔다. 바쁜 중에도 고맙게 많이들 와주었다.

국회의원만 40명 가까이 왔다. 그중에는 추미애 전 대표, 이인영 원내대표도 있었다. 의원총회를 해도 되겠다며 소개도 각자 했다. 정신이 하나도 없었다. 워낙 많은 국회의원이 왔기에 의원들은 스스로 자기소개를 하는가 하면, 자기들끼리 인사말 하는 원칙을 정했다. 인사말은 초·재선은 제외하고 3선 이상과 상임위원장, 초선 중엔 김두관 의원만 하는 걸로 했다. 사람이 너무 많아 지역구민들도 다 제대로 소개하지 못했다. 우리 사무실이 7층인데, 사무실에 들어오지 못하고 계단까지 사람들로 꽉 차서 건물 밖까지 줄을 설 정도였다. 수지가 생긴 이래 이렇게 국회의원이 많이 온 것은 처음이라 했다. 정말 감사했다.

이곳에서 보건의료 대표자회의, 의사회, 한약사회, 치과의사회, 약사회 등 보건복지위원회 유관 단체 회원들을 만났고, 지인을 통하거나 무작정 부딪치면서 인연의 끈을 넓혀갔다. 처음에는 아득했지만 나는 조금씩 달라지고 있다.

수지에 과거 여성운동을 함께했던 지인이 살고 있다. 지인을 통해 용인 도서관 운동의 중심인 동천동 '느티나무도서관' 관장을 만났다. 관장의 환대에 기운이 부쩍부쩍 났다.

"우리가 20년 동안 열심히 준비했는데 마지막 퍼즐이 이제야 맞았습니다. 우리가 의원님을 기다리고 있었어요."

눈물이 나올 만큼 감동적이었다.

조용히 책만 보는 도서관이 아니었다. 지역에 필요한 세미나도 하고, 낭독회도 하고, 책도 보고, 떠들 수도 있다. 지역사회와 지역 주민이 함께하는, 개인이 만들어 법인화한 도서관이다.

골방, 온돌방 …… 아이들이 아무 데서나 뒹굴며 책을 볼 수 있다. 만화책도 많다. 지역 주민들의 다양한 활동이 이루어지는 사랑방이다. 느티나무도서관은 대한민국 도서관의 전범이며, 새롭고 멋진 나의 케렌시아(Querencia)다.

세상을 바꾸기 위해서는 실제로 움직이며 실천해야 한다는 생각으로 헌신하는 이를 만나게 되어 참으로 기뻤다.

경선 바로 전날, 팽팽한 긴장감 속에서도 느티나무도서관에서 정신 건강 관련 포럼을 열었다. 내가 정신 건강에 관심을 가졌던 것처럼 도서관에서도 정신 건강에 관심이 있어 관련 포럼을 열자고 제안해 왔다. 포럼에는 60명 정도 왔다. 20년이 넘게 친분을 맺어온 정신과 전문의 김현수 교수를 초청했다. 가족과의 여행도 미루고 참석한 김 교수는 피가 되고 살이 되는 강의를 했다. 나는 법안을 설명하고 정신 건강에 대한 이야기를 지역 주민들과 나누었다. 용인에서 편안하게 내가 갈 수 있는 공간이 생긴 것이다.

한의사회와 같은 보건복지 관련 단체도 나를 많이 도와주었다. 하지만 동 단위 조직이나 협회와 같은 곳은 내게 그리 친절하지 않았다. 홀대당하는 데 익숙해질 정도다. 인사를 하는데도 팔짱을 끼고 대놓고 외면하기도 했다. 수지는 주거지의 90% 이상을 아파트가 차지할

**풍덕천2동 벚꽃 길 걷기대
회에서 만난 행복한 모녀
와 함께**

용인에는 탄천과 그 지류
인 성복천, 정평천, 손곡
천, 동막천 등 하천이 많아
자전거를 타거나 운동하기
좋다. 봄에는 벚꽃 길로 변
신해 나들이 나온 주민들
로 북적인다.

정도로 도시화된 곳이지만 지역정치를 주도하는 사람들은 지역정서
가 강했다. 진입장벽이 너무 높아 외부인이 끼어들 틈이 없어 보였다.
다른 한편으로는 외부에서 이주해 온 이들은 경제적으로도 풍족하고
교육 수준도 높지만, 지역 정치에 무관심한 편이다.

어느 날 지역 언론사 대표를 만났다.

"더불어민주당이 수지를 포기한 줄 알았어요. 어떻게 그렇게 공천
을 합니까? 재선은 몰라도 3, 4선은 당 책임이 없다고 할 수 없어요."
수긍이 가는 지적이다.

지역정서로 인해 지역에 정말로 필요한 정치적 요청이 외면당하면
서, 주민들은 더욱 무관심해져 포기하고 마는 악순환이 거듭되었다.

더 열심히 활동하는 것 말고는 방법이 없었다. 나는 행사 현수막

지역 마라톤대회 참가자들과 함께
대회 참가자들은 "건강하고 활기찬 생활을 누릴 수 있는 체육시설이 필요하다"고 말했다.

을 많이 걸었다. 국회의원 모임에서 임종성 의원이 현수막에 얼굴 사진을 넣으라고 팁을 주었다. 다른 국회의원들도 저마다 자기만의 홍보 방법을 알려주었다.

나는 내 얼굴이 들어간 현수막을 걸고, 토론회, 대중 강좌 같은 행사를 열었다. 의정 보고서도 돌렸다. 내가 수지를 위해 어떠한 일을 했는지, 내가 국민을 위해 무엇을 했는지 알렸다. 어느 날 보니 우리 지역위원장의 얼굴 현수막도 보이기 시작했다.

2019년 설날 전에 전철역에서 의정 보고서를 나누어주고 있으니 "지난 추석에도 돌리셨지요" 한다. 나를 기억해 주니 고마웠다. "지금

우리 동네와 나의 일상을 바꾸는 교통 혁신 토론회
용인에서 내가 가장 많이 들은 얘기는 "교통 문제가 심각하다"는 것이다. 해법을 모색하기 위해 2019년 1월부터 토론회를 개최하고 있다.

무슨 선거 하고 있어요?"라고 물어보는 사람도 있다. "아니요, 의정보고서예요."

어떤 사람은 나를 현역 지역구 의원으로 오해하기도 한다.

용인에서 내가 가장 많이 들은 것은 "교통 문제가 심각하다"는 말이다. 어디를 가도 '교통'이 '고통'스럽다고 이야기했다.

국토교통부 장관을 면담했다.

"신분당선이 너무 비쌉니다. 요금을 내릴 수 있는 방안이 없을까요?"

"민자라 어렵습니다."

여성리더십아카데미

수지에는 여성 인재가 많다. 여성리더십아카데미를 마련해 여성들에게 강의를 제공했다. 앞으로 함께 머리를 맞대고 수지를 바꾸고 싶다.

"용인-서울 고속도로 교통체증이 너무 심합니다. 대체 광역도로가 필요합니다."

"대도시 광역교통망 위원회에서 논의해야 합니다."

"그럼 위원회에 들어갈 수 있게 해주십시오."

우리 과제가 위원회에 올라갔다. 해결책을 찾아보기로 했다.

2019년 1월, 교통 토론회를 개최했다. 내가 수지로 이사하면서부터 하고 싶었던 토론회다. 내 메모장을 보면 이사한 후 2, 3개월째부터 교통 토론회를 하고 싶다는 메모가 계속된다. 토론회를 일찍 열지 못한 것은 토론회만 하고 아무 대안을 못 내면 안 되므로 이것저것 가능성을 타진해 보아야 했기 때문이다.

수지구청 대강당이 가득 찼다. 자발적으로 300명이 넘게 찾아왔다. 열띤 토론이 이어졌다. 이런 토론회가 처음이라 했다. 대강당이 민원의 현장이 되기도 했다. 만나기 어려운 용인시 국장이 오니 국장을 면담하기 위해 민원인들이 줄을 이었다.

수지의 뛰어난 여성들과 함께하고 싶어 여성 리더십 아카데미 '공감 그리고 소통'이라는 프로그램을 마련했다. 나는 한국여성의전화 경험을 통해 얼마나 많은 여성이 자기 방식대로 살지 못해 힘들고 국가적으로도 손해인지 잘 알고 있다. 강의를 듣는 여성들의 눈이 반짝거렸다. 수지의 미래를 이끌어갈 사람들이라 생각하니 한순간도 낭비하고 싶지 않았다. 충실하게 내용을 구성해 전달하려고 애를 썼다. 여성 리더십 아카데미 후 몇몇 여성은 '여성리더십포럼'을 꾸려 만나고 있다. 아직 모임이 정착되지 않았지만 나는 이 여성들이 수지를 바꾸리라 확신한다.

2월부터는 한 달에 한 번씩 대중 강좌 '내 삶을 바꾸는 정치 강연회'를 열었다. 정치, 경제, 사회, 인문 등 다양한 분야에서 우리 삶을 바꿀 수 있는 국회의원들의 강연회를 5회 연속 진행했다.

우상호 의원이 첫 강의를 했는데, 깊이 있는 식견과 풍부한 표현력은 발군이었다. 두 번째 강의는 우리 사회를 뜨겁게 달군 사립유치

수지구 정책 제언과 민원 청취의 날
2019년 2월부터 매달 한 번 씩 '수지구 정책 제언과 민원 청취의 날'을 수지사무소에서 개최해 주민들의 목소리를 경청하고 있다.

용인시 어린이집연합회 어린이날 행사

원 문제와 재벌 개혁에 대해 박용진 의원이 강의했다.

금태섭 의원은 사법개혁과 공수처에 대한 자신의 의견을 피력했다. 나는 공수처 문제에 대해 개인적으로 금 의원과 의견이 다르지만, 금 의원의 탄탄한 논리와 설명에 모두들 감동했다. 김두관 의원의 지방분권 강의는 김두관의 재발견이었다. 강의를 정말 잘해서 모두들 높이 평가했다. 강연회 참가자들은 "수지에 이렇게 수준 높은 강연이 있어 정말 좋고 감사하다"고 내게 칭찬을 아끼지 않았다. 7월에는 이

"의원님 반가워요"
의정 활동의 진행 상황과 성과를 소개하는 의정 보고서를 주기적으로 제작해 주민들께 나눠
드리면서 인사한다. 먼저 다가와서 반갑게 안부를 묻는 주민이 부쩍 늘었다.

인영 원내대표가 한반도 평화 프로세스 등에 관해 깊이 있는 특별 강
연을 했다.

사람들은 놀랐다. "그동안 수지에서 한 번도 안 한 일을 계속하니
활기를 느낀다"고 했다.

"지금 지역구 의원과는 좀 다르네요. 그동안 이런 것 한 번도 안
했는데 ⋯⋯."

봄부터 매월 한 번씩 정책 지원 및 민원 청취의 날을 열었다.

토요일 오후 세 시간 정도 팀당 30분씩 보좌관들을 배석시켜 상담
을 진행했다. 첫날 10팀이 왔는데 사람 수로는 100명이었다.

통학로 안전을 위한 캠페인
용인 수지 지역은 인구가 빠르게 늘
어나면서 난개발로 몸살을 앓고 있
다. 학교 주변도 예외가 아니다 보
니 통학로에 공사장 덤프트럭이 다
니면서 어린이들의 안전을 위협하
고 있다.

민원을 듣고 처리하는 것이다. 예약을 받지만 예약 없이 현장 등록을 하는 경우도 있었다. 여섯 팀이면 시간이 꽉 차는데, 열 팀씩 오는 바람에 한쪽에서는 내가, 다른 방에서는 보좌진이 민원을 받았다.

민원의 90%가 교통과 주거 문제였고, 그다음이 교육과 학교 문제였다. 원거리 배정, 과밀학급, 교실 증축 등의 문제가 주를 이루었다. 복지나 문화 시설 확충도 주요 민원 내용이다. 사람들은 처음에 반신반의했다고 한다.

'한두 번 하다 말겠지.'

민원 청취의 날 행사를 매달 꾸준히 했다. 각각의 민원에 대한 진행 상황을 알려주니 주민들이 더 놀라워했다. "자기 일처럼 나서주어서 고맙다", "정치인에 대해 다시 생각했다"라는 문자들이 우리를 더

추석, 늘 수고하시는 소방대원들
추석 연휴에도 쉬지 못하고 주민의 안전을 위해 애쓰고 있는 수지의 경찰과 소방대원들을 찾아가 격려하고 이야기에 귀 기울였다. 귀찮게 할까 봐 연락 없이 방문했다.

달리게 채찍질했다.

지역에서 활동하다 보니 국회의원이 된 후에도 다양하게 지속하던 고위 정책 과정 공부를 하지 못한다. 하지만 지역이 새로운 공부터가 되었다. 지역민의 민원이 새로운 국가정책의 바탕이 되기도 한다.

용인 고기초등학교 주변이 개발되면서 학교를 둘러싸고 삼각형 형태로 덤프트럭이 길을 내며 다녔다. 통학로는 없어지고 초등학교 어린이들이 안전에 위협을 받았다.

나는 학교 근처에서 큰 공사를 할 때는 학교와 사전에 의논하도록

국회를 참관하러 온 용인 수지 주민들과 함께
국회 본청 로텐더홀 계단에서.

새마을부녀회와 함께
지역의 대소사는 물론이고, 보이지 않는 곳에서 묵묵히 봉사하고 계신 고마운 분들이다.

법 개정안을 만들어 발의했다. 어린이들과 선생님들의 말을 들으며, 현장에서 필요한 것이 무엇인지 정확히 알 수 있었다. 생생한 현장의 목소리를 듣고 중앙 정책에 이를 반영할 수 있으니 국회의원이 국민의 대표라는 의미를 실감한다.

얼마 전 한 장애 아동 부모가 찾아왔다. 아들이 장애인 농구 용인시 대표 팀 선수인데, 아이들이 운동할 만한 곳이 없다고 했다. 공무원들을 찾아다녔지만 "없다"는 말뿐이었다고 한다.

동네에 있는 장애인복지관에 시설을 만들자고 제안해 보려 한다. 관장에게 예산이 얼마나 드는지 물어보고 추진할 수 있는 방안을 함께 찾고자 한다.

공공시설물이나 구청 건물 등은 공무원이 퇴근시간 이후나 주말에는 문을 닫는다. 요즘은 맞벌이 부부가 많은데 이들은 주중에 낮 시간을 이용하기 어렵다. 퇴근 후나 주말에 이용하지 못한다는 민원이 있었다.

성남에서는 이미 저녁이나 주말 이용 제도를 실시하고 있다. 세금을 내서 만든 건물인데 주민들이 편히 사용할 수 있게 바꾸어야 한다. 대체인력을 투입하면 가능한 일로 보였다. 일자리 창출도 가능하다. 이를 위해서 어떻게 해야 하는지, 무엇을 바꾸어야 하는지 다각적으로 검토하고 있다.

요즘은 사람들이 일상생활에서 겪는 문제에서 출발해 삶의 질 전체가 더 나아지게 정치를 하는 것이 가능하다는 확신이 든다. 사람이 밥만 먹고 사는 것은 아니다. 우리는 스스로를 위해 좀 더 구체적으로 일할 수 있다.

또 그런 구체적인 정책을 가져와서 국가의 정책을 만드는 것이다. 지역 정치가 살아 있는 정책의 풀(pool)이 되는 것이다.

나는 수지 주민들의 국회 방문을 적극 환영한다.

여성리더십포럼(수지의 여성 리더들로 활약하자), 수지사랑 레인보우(마음껏 뛰놀 수 있는 공간을 만들어주세요), 소현중학교(국회의원은 무슨 일을 하나요? 어떻게 되나요?), 용인서부 학부모폴리스(호기심 가득 찬 아이들의 눈으로 바라본 국회) 등 수지의 다양한 그룹이 국회를 방문하고 의정 활동이 펼쳐지는 국회의 이곳저곳을 살펴보았다.

아이들에게는 다양한 꿈을 갖게 해주고 싶고, 어른들에게는 자신들의 대표라고 불리는 사람들의 일터를 보여주고 싶었다. 나는 생각보다 많은 사람이 국회에 한 번도 와보지 않았다는 데 놀라 젊은이들에게는 국회에 와볼 것을 거의 강권한다.

최근 들어 점점 더 많은 격려를 받고 있다. 물론, 줄어들기는 했으나 홀대도 여전하지만 말이다.

어떤 이가 전화를 했다.

"내년 총선일이 언제지요?"

"4월 15일인데요."

"제가 미국에 다녀와야 하는데, 선거일 전에 돌아오려고요. 후원금 보내겠습니다."

정춘숙이 궁금하다고 직접 사무실로 찾아온 이들도 있다.

내가 주최한 '청년정치학교'에서 박주민 의원이 강의를 한다고 하니, 강의에 오고 싶다고 많은 분이 연락했다.

"정춘숙 의원이 오니까 다르구나. 수지 정치가 바뀌겠네" 이 말을 듣고 추운 겨울, 내 마음이 녹아버렸다.

"선거 때도 아닌데 먼저 찾아와 줘서 고마워요."

"수지에 사는 친구 소개해 드릴게요. 이사해서 안타깝네요. 정춘숙 의원님 오실 줄 알았으면 더 살았을 텐데요." 용인의 난개발에 지쳐 타 지역으로 떠났다는 주부의 말이다.

수지에서 친구 같기도 하고, 동료 같기도 한 새로운 사람들을 계속 만나고 있다. 권리당원을 모집하고 그들에게 생일 축하 전화를 한다. 전화할 때마다 반갑고 즐겁다. 같이 한 방향을 바라보는 식구 같은 친밀감이 든다. 나이가 지긋한 어르신들이나 이제 막 성인이 된 젊은 이들도 많이 만나고 싶다. 함께 아이디어를 나누고 싶다.

내가 교통 문제를 해결하는 방식은 무조건 '길을 뚫겠다'가 아니라 수지와 용인 전체의 길과 건물, 삶을 전체적으로 디자인하는 것이다. '내 집 앞 정류장'이 아니라 도시 전체에서 최대의 효율성을 얻으려면 누가 어떻게 운영할 수 있는지를 보며 접근한다. 지역을 바꾸면 나라

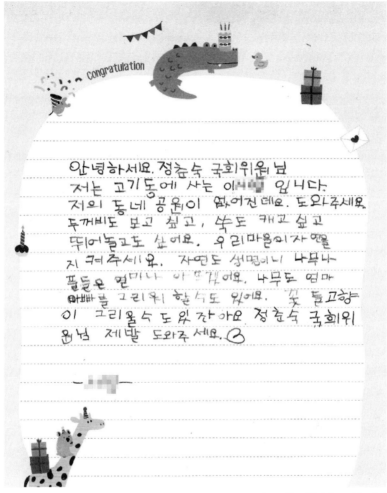

안녕하세요. 정춘숙 국회위원님
저는 고기동에 사는 이OO 입니다.
저의 동네 공원이 없어진데요. 도와주세요.
두꺼비도 보고 싶고, 쑥도 캐고 싶고
뛰어놀고도 싶어요. 우리마을의 자연을
지켜주세요. 자연도 생명이니 나무나
풀들은 얼마나 아프겠어요. 나무도 엄마
아빠를 그리워 할수도 있어요. 꽃들고향
이 그리울수도 있잖아요 정춘숙 국회위
원님 제발 도와주세요. ♡

고기초등학교 학생이 보내온 편지

동네 공원이 없어진다는 소식에 한 초등학생이 "지켜달라"는 편지를 보내왔고, 공원은 유지
될 수 있었다.

를 바꿀 수 있다. 2000년 이후 나는 한국여성의전화에서 지역운동을 계속 펼쳐왔다. 지역과 중앙은 떨어져 있지 않다.

수지를 바꾸면 대한민국을 바꿀 수 있다. 수지가 서로 배려하고 삶의 질을 높인다면 수지에서 만들어진 콘텐츠를 통해 대한민국을 바꿀 수 있는 것이다. 법과 예산 제도로 이를 가능하게 할 수 있다. 잘사는 사람은 재정적 기여로, 공부를 많이 한 사람은 지식으로 지역과 국가와 세계에 기여하면 된다. 공동체의 회복, 내가 가고 싶은 길이다.

수지는 인적자원이 엄청나다. 그러나 그것을 전혀 활용하지 못하고 있다. 경력 단절 여성이 너무 많다. 굉장한 고학력에다 다양한 경험이 있는 여성들이다. 언젠가는 여성새로일하기센터를 만들어 인재를 불러 모으리라 생각하고 있다.

나이 지긋한 능력자도 아주 많다. 내가 꼭 하고 싶은 일은 '사람책' 도서관이다. 한 분 한 분의 귀한 경험과 경력이 하나의 책이 되는 것이다. 젊은이들과 네트워킹하며 보람 있는 인생을 살 수 있게 하는 것이다. 그 놀라운 경험과 능력이 잠들지 않고 쓸 수 있게 하는 것이다.

정치인은 힘과 권력을 바르게 쓰며 제 역할을 해야 한다. 사람들이 자신의 능력을 최대한 쓸 수 있게 하고, 편안하고 행복하게 살 수 있게 해야 한다.

'사람 책' 리스트를 작성하는 일, 젊은이와 기업이 만나는 일 등 해야 할 일이 많다. 퇴임한 이들도 함께 앞장서 주길 희망한다. 내가

일을 저지를 때마다 우리 보좌진의 일은 곱절이 된다. 미안한 마음이
든다.

하지만 정치를 한다는 것은 우리가 젊었을 때 꿈꾸던 사회, 정의
로운 사회, 평등한 사회, 자유로운 사회, 개인의 자유가 평등을 향하
고 정의를 지향하는 사회를 만드는 것이다. 하나씩 하나씩 바꾸어가
며 예전에 꾸었던 꿈을 최대한 실현하고 싶다.

토론회를 준비할 때의 일이다. 발제할 사람을 김태승 교수에게 연
락해 소개받았다. 소개받은 이에게 전화를 하니 상현동에 사는 이다.
그이가 소개한 사회자는 성복동에 산다. 이이가 소개한 토론자는 풍
덕천동에 산다. 다음 토론회 때도 같은 상황이었다. 엄청난 인재풀이
고 인적 네트워크이다.

성복동에는 퇴역한 군인이 많이 산다. 공군 참모차장과 파일럿으
로 전역한 분들을 소개받았다. 이들의 잠재력 또한 기대된다. 지역의
자발적인 조직인 '수지희망공감'이라는 플랫폼에서는 지역 인재들이
모여 수지 비즈니스 포럼을 만들고 프로그램을 진행한다. 지역의 역
동성이 느껴진다.

나는 이곳 용인 수지에서 때론 위축되기도 하지만, 그보다 더 자
주 힘을 얻고 있다. 원내대변인이 되니 TV에 등장할 일이 많아져 당
원들에게 자주 지지 문자를 받는다. 반가운 친구에게 소식을 받은 것
처럼 즐겁다.

사람이 힘이다. 사람이 세상을 바꿀 수 있다. 더 정의롭게, 더 평등하게, 더 자유롭게 함께 사는 공동체, 그 모델이 수지가 되었으면 좋겠다. 그래서 수지에 사는 게 자부심이 되고, 수지를 우리 사회 변화의 모델로 만들고 싶다. 쉽지 않지만 지난 세월 세상을 바꾸려 했던 그 소망대로 그 열정대로 부딪쳐 만들어보려 한다.

나는 요즘 새벽에 출근할 때마다 나를 격려한다. 과거 노동운동을 할 때처럼 말이다.

돌아보면 모든 게 감사할 뿐이다. 지금 여기에 이렇게 있다는 것 자체가 나의 지난 삶에 함께해 준 모든 사람의 도움과 격려가 있었기 때문이다. 나는 언제나 '지금 여기에'를 가장 중요하게 생각하고 살아왔다. 과거의 영광도 과거의 패배도 지나간 것이고, 삶의 현장 '지금'이 나의 모습을 평가한다고 생각하기 때문이다.

이제 또 다른 시작이다. 수지, '지금 여기에'서 나는 나, 정춘숙, 나로서 최선을 다할 뿐이다. 오늘도 파이팅!!!

지은이

정춘숙

● 학력
단국대학교 국어국문학과(학사)
중앙대학교 사회개발대학원 사회복지학과(석사)
강남대학교 사회복지전문대학원(박사)

● 경력
(현) 제20대 더불어민주당 국회의원
(현) 국회 보건복지위원회 위원
(현) 국회 여성가족위원회 간사
(현) 더불어민주당 원내대변인

2009. 1~2015.10   한국여성의전화 상임대표
2015. 6~2015.10   새정치민주연합(현 더불어민주당) 혁신위원회 위원
2016.12~2018. 8   더불어민주당 보육특별위원회 위원장
2017. 1~2017. 7   국회 헌법개정특별위원회 위원
2017. 5~2018. 8   더불어민주당 대외협력위원회 위원장
2018. 1~2018. 6   국회 헌법개정 및 정치개혁특별위원회 위원
2018. 7~2019. 8   국회 예산결산특별위원회 위원

● 수상
2015 대한민국 인권상 국민포장
2017~2019 더불어민주당 국정감사 우수의원상 수상
2017~2019 아동·여성·인권정책포럼 우수국회의원연구단체 수상
2019 '2018년도 국회사무처 입법 및 정책개발' 최우수국회의원

● 주요 저서
『성폭력을 다시 쓴다: 객관성, 여성운동, 인권』(공저, 2003)
『왜 여성주의 상담인가: 역사, 실제, 방법론』(공저, 2005)
『여성주의적 가정폭력쉼터: 운영의 실제』(공저, 2008)
『가정폭력: 여성인권의 관점에서』(공저, 2009)
『가정폭력에서 벗어나기』(2015)

경계를 넘어 길이 되다
다정다감 춘숙 씨의 수지 도전기

ⓒ 정춘숙, 2019

지은이 | 정춘숙
펴낸이 | 김종수
펴낸곳 | 서울엠
편집책임 | 최진희

초판 1쇄 인쇄 | 2019년 12월 2일
초판 1쇄 발행 | 2019년 12월 7일

주소 | 10881 경기도 파주시 광인사길 153 한울시소빌딩 3층
전화 | 031-955-0655
팩스 | 031-955-0656
홈페이지 | www.hanulmplus.kr
등록 | 제406-2003-000053호

Printed in Korea.
ISBN 978-89-7308-169-1 03810

* 책값은 겉표지에 표시되어 있습니다.